KB086362

괴이한 미스터리

라이언
미스터리

호러 문고

너머서사

월영 月影

서울에서 30킬로미터 정도 떨어진 월영시. 현재 신도시 계획이 잡혀 있으며 일부 아파트가 들어서고 분양이 들어간 상태. 신터널과 도로 구간은 아직 공사 중이라서 여전히 구터널을 통해 차가 오간다. 폐쇄된 병원과 낡은 모텔촌이 있는 재개발 주택지대의 구시가지 중심에 오래된 백화점이 있고, 그 앞에는 오벨리스크 형태의 위령비가 있는데 무엇을 기리는 위령비인지는 적혀 있지 않다. 이곳의 눈에 보이지 않는 기이한 존재들은 인간들로부터 자신의 영역을 적극적으로 지키고자 한다. 인간과 괴이의 중간지대를 오가는 폐지 줍는 할아버지는 저주받은 물건을 모으러 돌아다니고, 이 지역 토지신인 노란 스웨터를 입은 할머니는 괴이를 막고 사람에게 도움을 주지만 그 능력에는 한계가 있다.

차례

백 번째 촛불이 꺼질 때

전혜진

기말고사 무렵, 나는 시험공부를 하다 말고 앱을 켰다. 시험기간일수록 딴짓을 하고 싶은 것은 인간의 본능 같은 거라서, 나는 우리 학교 커뮤니티의 중고장터 게시판에 들어가 이것저것 한참을 들여다보았다. 대학생활을 무소유의 정신으로 관철하겠다는 것인가. 나는 시험이 끝나자마자 교과서부터 팔아버리는 놈들을 보며 공연히 낄낄거렸다.

"이야, 새끼들. 성적에 자신 있는 모양이네."

내일도 시험이 있는데 게시판이나 뒤지고 있는 내가 남을 비웃을 만한 상황인 건 아니다. 하지만 영 실감이 나지 않았다. 대학 들어와 첫 학기 내내 전염병 때문에 어영부영 집에서 보내다 이제야 학교에 와서 시험만 보고 있으니, 학점이며 성적이며 시험이며 장학금 같은 모든 일이 그냥 다 농담 같기만 했다. 그냥 어떻게든 다 되지 않을까 싶기만 했다.

커뮤니티에서는 1학년 1학기 성적이 별 볼 일 없으면 바로 군대 가라고, 그게 그나마 돈 버는 길이라고들 했다. 그래서 집에서도 그런 이야기를 꺼내보긴 했는데, 괜히 핀잔만 들었다.

"그런 생각 하지 말고 성적을 잘 받으면 될 것을, 너희 학교 애들은 왜 그러는 거냐?"

"질병관리본부에서 그러더라, 올가을에 전염병이 한 번 더 크게 돌 거라고. 넌 성적 같은 건 신경쓰지 말고, 사태가 좀 진정될 때까지는 집에 얌전히 있어. 꼭 필요한 일 아니면 멋대로 나가 돌아다니지도 말고."

"그래, 네 엄마 말이 맞다. 성적이야 잘 받아야 하는 거지만 혹시 망쳐도 재수강하면 되는 거니까. 낯선 사람 만나지 말고, 쓸데없는 데 돌아다니지 말고."

"학교에서 애들이 알바 같은 게 다 사회 경험이라고 이야기해도 귀 얇게 넘어가지 말고. 그럴 시간에 너한테 보탬이 되는 걸 해야지. 엄마 말 잘 알아듣겠어?"

엄마 아빠 말씀이야 아주 잘 알아듣고 있다. 귀한 아들이 위험한 건 싫으니까, 최대한 안전한 곳에 있으라는 말씀이시다. 그건 고맙지만, 12년 동안 죽도록 공부해서 이제 대학에 왔으니 좀 자유롭게 지내보고 싶은데, 작은 것까지 하나하나 눈을 부라리시니 아주 살맛이 안 날 지경이다. 나는 무료한 기분으로 앱 화면을 들여다보았다.

그때 전공서적을 판다는 수많은 게시물 사이로, 조금 신경 쓰이는 제목이 하나 보였다.

'당신도 유튜버가 될 수 있다~. 새것이나 다름없는 방송 장비 팝니다.'

이거 괜찮네.

내가 중학교 때 같은 반이었던 놈들 중에도 유튜버로 나름 유명해진 놈들이 있었다. 이름도 못 들어본 고등학교에 갔다고 해서 비웃었는데, 남들이 수능 준비할 때 지하철에서 컵라면 먹고 트림하는 영상을 찍고 다녀서 대박이 났다나. 예의가 없다, 공중도덕을 안 지킨다, 안전불감증이다 등등 욕도 많이 먹었지만, 그래도 구독자가 30만 명이 넘는다고 들었다. 그래서 요즘은 라면회사의 바이럴 마케팅을 하면서 돈도 쏠쏠하게 만진다나. 적어도 평생 먹을 라면은 챙겼을 거라고 낄낄거리며 비웃으면서도 속이 쓰렸다. 별것도 아닌 새끼가 그렇게 성공을 하는데, 대학생이랍시고 한 학기 내내 동영상 강의나 들으면서 방바닥을 긁고 있는 게 한심하게 느껴졌다.

물론 나에게는, 원래는 유튜버가 되고 싶었는데 엄마 말을 잘 듣는 효자라서 고생하시는 부모님 생각해서 내 꿈을 접고 공부에 몰두했다거나 하는, 그런 구구절절한 사연 같은 건 없다. 하지만 원래 사람이란 사촌이 땅을 사면 배가 아픈 게 당연하고, 남이 어떤 일로 성공을 했으면 나도 그 일로 성공할 수 있을 것 같은 근거 없는 자신감이 생기곤 한다. 나도 그렇다. 나는 방송장비를 판다는 사람에게 연락을 하고, 내일 기말고사 교양필수 시험이 끝나자마자 만나기로 했다.

"방송장비랑 채널까지 몽땅 넘길 생각이야. 그러니까, 그쪽만 좋다면."

장비를 팔러 나온 사람은 뜻밖에도 나와 같은 과 4학년이었다. 영 시시하고 재미없게 생긴 사람이었는데, 기분 나쁘게도 사람을 언제 봤다고 보자마자 반말이었다. 뭐, 같은 과 선배니까 그런가보다 하긴 했지만, 살면서 그렇게 얼굴 볼

일이 많을 것 같지도 않은 사람이 선배입네 하며 친한 척하는 게 영 기분이 안 좋았다.

"그리고 같은 과 후배니까 조금 깎아줄게. 이거 이거 다 해서 20만 원 불렀는데, 그냥 18만 원에 가져가라. 후배 털어먹었다는 소리 듣기 싫다."

선배라면서 고작 2만 원 갖고 생색이라니, 찌질한 인간이라는 생각이 들었다. 하지만 엄마는 나보고 알바를 하지 말라면서도 용돈은 동결시킨 상태였다. 요즘 세상에 젊은 애들이 주머니에 돈 있어봤자 사방팔방 놀러 다니다가 병에나 걸리기 십상이라고. 그러다보니, 나는 속으로는 이것저것 마음에 안 들어 불뚝불뚝 성질이 올라오는 것을 꾹 참으며 그에게 괜히 친한 척을 했다.

"그럼 선배님, 이왕 이렇게 만난 것도 인연인데 좀더 깎아주십쇼. 아니면 할부를 해주시든가."

할부라는 말에, 그의 표정이 굳어졌다.

"같은 과인데 설마 제가 이거 떼어먹겠습니까. 저도 요즘 사회적 거리두기 때문에 집밖에 잘 못 나가니, 알바를 못해 돈이 별로 없어서 그래요."

"할부는 안 돼. 정 안 되겠으면 15만 원에 가져가."

"10만 원."

"이거 아주 도둑놈의 새끼네. 20만 원에 올린 걸 10만 원에 가져가겠다고? 그동안 채널구독자 늘려놓은 거 고스란히 넘겨준다는데."

잘나신 '선배님'이 기가 막히다는 듯 혀를 찼다. 나야말로 가소로웠다. 구독자가 얼마나 되는지 몰라도 되게 생색이네. 하지만 생각해보면, 유튜브로 돈을 벌 수 있는 최소치가 구독자 천 명이라고들 한다. 처음에 구독자 모으느라 개고생하는 단계가 줄어든다는 거니까, 조건이 나쁘진 않았다. 나는 슬쩍슬쩍 폰으로 인터넷을 검색해보았다. 세상은 넓고, 구독자를 거래하는 데에도 시세라는 게 있다. 입금하면 구독자 천 명을 만들어주는 업체도 있었다. 보통 천 명 찍어주는 데 12에서 15만 원을 부른다는데, 구독자가 몇 명인지 몰라도 장비까지 싹 맞출 것을 생각하면 이 사람이 부르는 대로 15만 원을 줘도 밑지는 장사는 아니었다. 그렇게 살살 머리를 굴려보는데, 그가 잠시 나를 노려보다가 물었다.

"정말로 깎을 거냐?"

"예, 그럼요. 아껴야 잘살죠."

"후회 안 할 거지?"

"예?"

"후회 안 할 거냐고."

"아, 하다가 잘 안 되면 선배님처럼 또 중고로 팔면 되죠."

나는 낄낄 웃었다. '선배님'은 나를 물끄러미 바라보다가, 한숨을 쉬며 말했다.

"좋아, 공짜로 가져가도 좋다."

"어, 정말요? 두말하기 없깁니다?"

"두말 안 해. 내 채널도 그렇고. 나한테 공짜로 받아다가 나중에 다른 사람에게 다시 20만 원 주고 팔아도 상관없어. 대신, 부탁 하나만 하자."

"뭔데요."

"내 채널의 마지막 영상을 우리가 같이 찍으면 좋겠다는 거지."

"아, 진짜. 그까짓 거 미련 남으면 안 물려줘도 되는데, 왜 그렇게 귀찮게 하는데요?"

"왜긴 왜야. 그동안 모아놓은 구독자가 아까워서지. 내가 거저 준다고 하면 이거 할 생각 있어, 없어?"

"주면 좋죠."

"그럼 이왕 네가 맡아서 할 것 같으면, 내가 며칠 있다 군대 가게 돼서 내 후배에게 이 채널을 넘기기로 했습니다. 그렇게 소개하고 끝내는 게 자연스럽잖아. 마침 같은 과 선후배니까, 누가 신상 털고 그래도 이상할 게 없고."

듣고보니 일리가 있는 이야기였다.

"근데 선배님, 아니, 형님. 벌써 군대 다녀오신 거 아니었습니까?"

나는 놀리듯 물었다. 그는 입을 다물었다. 뭐, 복학생이든 뭐든 갑자기 사람이 바뀌는데 군대 다녀온다는 핑계가 적당하고 좋긴 하겠지. 나는 결국 오늘 처음 만난 선배님의 마지막 방송을 찍는 데 함께 따라가기로 했다.

***

선배님, 아니 광희 형은 제2경인고속도로를 타고 달리는 내내 말이 없었다. 그는 안현분기점에서 외곽순환도로로 갈아탈 무렵에야 겨우 입을 열었다.

"내가 하던 건 괴담 방송이야."

"괴담요?"

유튜브에서 목소리 깔고 괴담 읽어주는 채널들은 본 적이 있다. 그런 걸로 구독자를 천 명이나 모은다고?

"엽기적인 짓 하는 방송은 당장 구독자 모으는 건 괜찮은데, 한계가 있어. 독자들이 점점 더 강한 걸 원하는데, 그런 거 좇아가다보면 인생 망치는 거 순식간이니까. 평생 유튜브만 하고 살 것도 아닌데, 그런 걸로 얼굴 팔리면 나중에 취직은 어떻게 하겠어?"

"그럼 형은 어떻게 하는데요? 웃기는 짓 안 하고 어떻게 구독자를 모아요?"

"난 일본 쪽 괴담들을 많이 번역해서 갖고 있어. 그런 걸 밤에 촛불 하나 켜고 읽어주거나."

"시시하게…."

"시시해도 콘텐츠가 있으니까, 들어오는 사람은 꾸준히 들어와. 지난봄에는 전염병이나 괴질에 대한 이야기 많이 읽어줬고, 작년 여름에는 분위기 잡고 밤새 라이브 백물어 같은 것도 했어."

"백물어?"

"초 백 개를 켜놓고, 짧은 괴담 하나를 이야기할 때마다 초 하나씩 끄는 거야. 그때 구독자가 많이 늘었지."

"구독자가 몇 명이나 되는데요?"

"삼천 명은 넘어."

"헤에."

아무래도 이번엔 재수가 좋다는 생각이 들었다.

"지금 얼마 안 되긴 해도 수익이 발생하고 있어. 앞으로의 일은 네가 하기 나름이겠지."

"아, 그까짓 거."

나는 가슴이 두근거렸다. 구독자 삼천 명이라니, 이렇게 시시하게 생긴 아저씨가 밤에 불 꺼놓고 괴담만 읽어도 그만큼을 모을 수 있다는데, 내가 하면 더 잘할 수 있을 게 틀림없었다.

"가끔 이벤트도 해. 괴담의 현장이라면서, 흉가 같은 데서 방송하는 거지."

"오, 흉가 체험. 그거 재밌겠네요."

"오늘 가는 것도 그런 흉가 체험이야. 괜찮겠어?"

"아, 흉가. 그까짓 거."

초등학생도 아니고, 흉가 같은 걸 겁내는 건 쫄보나 하는 짓이다. 나는 일부러 가슴을 쭉 펴며 소리내어 웃었다. 광희 형은 나를 흘끔 쳐다보았다. 희한하게도, 광희 형은 심각한 표정을 짓고 있었다.

"설마 진짜로 뭘 믿는 거예요?"

"글쎄."

"오늘 가는 흉가는 어떤 덴데요?"

"으응… 일본 괴담 중에 다른 세계로 가는 방법에 대한 괴담이 있어."

광희 형은 물어본 흉가에 대해선 대답하지 않고, 갑자기 괴담 이야기를 꺼냈다.

"들어본 것 같은데."

"엘리베이터 버튼을 누르며 오르내리다가 어딘가에 내리면 다른 세계로 갈 수 있다는 이야기지."

"그거 구라잖아요."

"해봤어?"

나는 고개를 끄덕였다.

"그거 나 초딩 때 해봤는데."

"해봤다니 다행이군."

"지금 그런 걸 해서 유튜브 영상을 찍겠다고요?"

"응."

"그런 걸 누가 본다고!"

"괴담이라는 건 말이야, 상식적인 사람이 한줄 한줄 뜯어

보면 그냥 말이 되지 않는 이야기야. 두려워할 이유도 없어 보이지. 그런데 말이야, 읽고 있으면 묘하게 오싹하고, 직접 실천해보자니 어쩐지 찜찜한 게 괴담이라고."

광희 형은 사뭇 진지한 목소리로 말했다.

"그러니까 별것 아니어도, 누가 그 괴담 속 주술 같은 걸 직접 실천해서 보여주는 방송이 있다고 하면 찾아서 보게 되어 있지. 지금까지 한 건 크게 이상한 건 아니야. 위자보드나 분신사바 같은 것을 시연해보기도 했고, 비수기에 월영시에 사람 뜸한 모텔에서 인형과 숨바꼭질하는 주술을 따라해보기도 했어."

"오, 월영시."

나는 고개를 끄덕였다. 창밖을 보니 도로표지판에 월영시 방향이라는 글자가 눈에 띄었다.

"그럼 우리 지금 월영시 가는 거예요?"

"아까 출발하기 전에 말했을 텐데."

"언제요."

"아까 말했어."

"아, 언제⋯."

광희 형은 대답하지 않았다. 공짜로 방송장비에, 구독자가 삼천 명이나 되는 유튜브 채널까지 넘겨준다고 해서 따라온 건 맞았다. 그렇다고 무슨 큰 은혜라도 베푸는 사람처럼 까칠하게 구는 걸 보니 기분이 언짢았다. 딱 봐도 구질구질한 인생 아닌가. 졸업 앞두고 인생 견적이 안 나오니 유튜버 좀 하다가, 이것도 안 되겠다 싶으니 손절각 세우는 게 뻔히 보였다. 그런데도 내게는 박수 칠 때 떠나겠다고, 그러면서 잘난 척 이런저런 조언까지 하는 게 아무래도 꼴같잖았다.

하지만 받을 건 받아야 하니 우선은 얌전히 입을 다물었다. 오늘 시험도 끝났는데 간단히 괴담 방송 하나 찍는 것도 재미있는 경험일지 모르고. 또 운이 좋으면 끝나고 술이라도 얻어먹을지 모르는 일이고. 어쨌든 나는 확실하게 해둘 건 해두자는 생각으로 광희 형에게 분명하게 말했다.

"오늘 이거 찍고 나면 나한테 다 넘기는 거예요."

"응… 그래."

"끝나고 다시 데려다줄 거예요?"

"어, 나 학교 앞에 살아."

"그럼 이왕이면 학교 말고, 우리 집 있는 데로 데려다줘요. 지금 갔다 오면 늦을 거잖아요."

"그러든가."

시시했다.

오늘 찍는 괴담 방송이라는 것도 뭐, 변변치 않겠지. 그래도 월영시에서 직접 찍는다니 시청자는 제법 들 것도 같았다.

월영시. 경기도의 소도시로, 괴이한 일들이 종종 일어난다는 곳. 인터넷 게시판에서 그 소문은 들어본 적 있지만, 소문은 소문일 뿐이다. 그런 일을 진지하게 생각할 만큼 멍청이는 아니다. 나는 폰으로, 광희 형이 찍었다는 유튜브 방송들을 대충 찾아보았다. 방송은 유치했고, 댓글란에는 별것에다 겁을 먹는 덜떨어진 놈들이 득실거렸다.

"월영시 구시가에 멀티플렉스 영화관이 있는 빌딩이 하나 있어."

"멀티플렉스라면 아무데나 있잖아요."

"그래. 하지만 13층짜리 빌딩인데, 10층부터 13층까지 있는 멀티플렉스 영화관 말고는 파리 날린다는 게 중요하지."

"어쩌다가요? 아무리 월영시가 흉흉한 곳이라도, 그래도 구시가라면서."

"원래는 아울렛이며 마트 등이 들어섰는데, 들어서는 족족 망해서 나갔어. 멀티플렉스 영화관도 손해를 엄청 보고 있는데도 버티는 거라고 들었고."

"아, 그럼 손절을 해야지… 멍청이들이."

"거기로 정한 것은 담력시험의 명소로 소문이 난 건물인데도, 꼭대기층에 영화관이 있다보니 엘리베이터가 정상 작동하기 때문이야."

"텅 비었다면서, 엘리베이터는 작동한다고요?"

"그래. 관람객용은 1층과 13층만 연결되는데, 직원용은 중간층까지 전부 운행되지."

광희 형의 차는 터널을 빠져나왔다.

왼쪽으로는 어둑어둑한 숲이, 오른쪽으로는 꽤 고급스러운 주택가가 펼쳐져 있었다. 하지만 그 장중해 보이는 분위기도 잠시, 곧 스산한 분위기의 저수지와 낡은 병원이 모습을 드러냈다.

요기, 혹은 귀기라고 해야 할까. 그저 지나치는 것만으로도 소름이 돋았다. 나는 손에 쥐고 있던 폰으로 월영시를 검색해보았다. 인터넷 게시판 여기저기에 월영시의 폐쇄병동 괴담들이 올라와 있었다. 그곳에서 담력시험을 했다가 귀신을 본 사람이 부지기수고, 돌아오지 못한 사람도 한둘이 아니라고.

그런 걸 읽을 때는, 바보 멍청이들에 겁쟁이 쫄보들이라고 생각했는데.

"왜… 무섭냐?"

그때 광희 형이 물었다. 나는 고개를 저으며 일부러 소리 내어 웃었다.

"무섭긴 누가 무서워요. 저거 그냥 병원이잖아요."

"아무것도 안 느껴지면 다행이고."

광희 형이 중얼거렸다. 우리가 탄 차는 하필 그 병원 옆을 끼고 돌아서 모텔이 즐비한 거리를 가로질렀다.

가로등이 불을 밝히고 있는 시내 도로인데도, 어찌된 일인지 사람 그림자 하나 보이지 않았다. 사방에는 낡디낡은 해묵은 구옥들이 즐비한 것이, 마치 드라마 세트장에 와 있는 듯한 기분이 들었다.

괴괴하고 적적하여, 어디서 인기척이라도 나면 놀라 비명이라도 지를 것 같은.

"다 왔다."

신경줄 위를 칼날이 슥 훑고 지나가는 듯한 섬뜩함 속에, 광희 형은 드물게 높다란 건물 앞에 차를 세웠다. 우리 동네에도 있는, 흔하디흔한 멀티플렉스 영화관 로고가 때가 꼬질꼬질한 건물 꼭대기며 주차장 입구 여기저기 붙어 있었다.

하지만 그것뿐이었다. 영화관 로고 말고는 정말 희한할 정도로 아무것도 없었다. 주차장 여기저기에 차 몇 대가 주차되어 있고, 엘리베이터 쪽에는 요즘 상영 중인 영화 포스터가 붙어 있었지만, 그 외에는 정말로 빈 건물인 듯했다.

서울에서 멀지도 않은 곳이다. 이곳도 수도권은 수도권인데, 대체 어쩌다가 이런 귀신 나올 것 같은 동네가 되어버린 걸까. 나는 마른침을 꿀꺽 삼켰다. 광희 형은 차에서 가방을 꺼내 뒤적거렸다. 약봉지 같은 것 사이에 얇은 시험지 파일이 하나 들어 있었다. 광희 형은 시험지 파일에서 종이 한 장을 꺼내 내게 내밀고, 다시 액션캠 한 세트를 꺼냈다.

"이거 목에 걸어."

"예?"

"너하고 나하고 각각 체험해서 영상 만들 거야. 걸어."

액션캠은 다소 사용감이 있었지만 꽤 새것이었다. 유튜브 방송 같은 거 안 하고 그대로 돌아가서 중고장터에 내다팔아도 꽤 받을 수 있지 않을까 싶었다.

하지만 어쩐지 영 내키질 않았다. 여기까지 와서 새삼 겁을 먹은 건 아니지만, 그래도 영 촉이 좋질 않았다. 그때 광희 형이 다가와 손으로 내 목을 졸랐다.

"컥!"

"잘 들어. 난 분명히 네가 이거 찍겠다고 해서 여기 데려온 거야."

"윽…."

"난 마무리까지 잘하고 싶어. 그러니 제대로 해. 실패하든 성공하든, 네가 여기 설명대로 엘리베이터 타고 왔다갔다한 영상을 가져오면, 이건 네 거야. 내 카메라도, 내 채널도."

"아… 알았다고요."

"지금 이거 다 녹화했어. 씨발, 안 찍고 튀면 바로 신고해 버릴 거야. 알았어?"

"우, 우리 같은 과잖아요. 내 폰번호도 갖고 있잖아요. 도망 안 쳐요. 못 치는 거 알아요."

"알면 됐어."

광희 형은 내 목에서 손을 뗐다. 그리고 나를 엘리베이터 쪽이 아니라 그 뒤쪽으로 잡아끌며 싸늘하게 웃었다.

"엘리베이터는 무조건 혼자 타는 거야. 타서 여기 적힌 대로 층을 눌러서 엘리베이터를 움직이는 거지. 여기 10층에 갈 때까지."

"누가 타면요."

"누가 타면 실패하는 거야. 그러면 그냥 1층으로 내려와. 여기 건물 입구로 말이야. 길 건너에 편의점이 있으니까, 거기서 나 기다리고 있어."

"예⋯."

"10층에 도착하면, 내리지 말고 5층을 눌러."

광희 형은 구석에 있는 철문을 열었다. 그 안에 들어서자 광희 형 목소리가 마치 동굴에 들어가 있는 사람처럼 시끄럽게 울렸다. 두 사람이 한 사람의 입을 빌어 말하는 것처럼 느껴졌다. 귀신이라도 씐 사람처럼.

"5층에 도착하면, 여자가 한 명 탈 거야."

"예뻐요?"

"시끄러워. 그 여자에게 말을 걸면 안 돼. 사람이 아니니까. 여자가 타든 안 타든 1층을 눌러. 실패했으면 엘리베이터는 1층으로 내려올 거야. 정상적으로."

"성공⋯ 하면요."

그럴 리가 없다고 생각하면서도, 나는 물었다. 내 목소리가 조금 떨리는 것처럼 느껴졌다. 겁 따위는 먹지 않았는데도.

"여자가 탔고, 제대로 된 거라면 엘리베이터는 10층으로 올라갈 거야."

"1층을 눌렀는데도요?"

"그래. 10층은 네가 아는 멀티플렉스 영화관이지. 하지만 만약 성공한다면 그곳에는 아무도 없을 거야."

그곳은 월영시지만 이 세상이 아니니까.

광희 형이 속삭였다.

"레이어라고 알지? 그림 파일 수정하거나 할 때 많이 보잖아. 우리가 아는 이 세계도 겹겹의 레이어로 이뤄져 있어. 괴담은 그러니까 다른 레이어에 속한 세계를 엿보는 거지. 수고해라."

"형은요!"

"엘리베이터는 두 대야. 여기 화물용, 그리고 네 앞에 있는 직원용."

광희 형은 그렇게 말하며, 화물용 엘리베이터의 버튼을 눌렀다.

***

광희 형이 먼저 화물용 엘리베이터를 타고 사라진 뒤, 나는 직원용 엘리베이터의 버튼을 눌렀다. 엘리베이터는 끼익하는 기계음과 함께 지하로 내려오더니, 내 눈앞에서 열렸다.

평범한 엘리베이터였다. 관리사무소와 엘리베이터 업체의 전화번호가 구석에 붙어 있었다. 비상용 스피커도 있었다. 설령 다른 세계로 끌려가더라도, 귀신이 나타나더라도, 여차하면 버튼을 누르고 구해달라고 외치면 그만이다. 아니, 그런 건 역시 쪽팔린다. 괴담은 찜찜할 뿐, 현실이 아니다. 다른 세계로 향하는 통로라는 둥 다른 레이어의 세계라는 둥 모두 말도 안 되는 이야기다. 이건 그냥 전기 낭비다. 지금 이 일에서 걱정할 만한 건, 괜히 엘리베이터로 장난친다고 경비아저씨가 나타나는 것 정도다.

당연한 일이다. 잘 알고 있었지만, 팔뚝에 소름이 돋았다. 나는 덜덜 떨며, 광희 형이 쥐어준 종이에 적힌 대로 엘리베이터 버튼을 눌렀다. 먼저 4층, 그다음은 2층, 그다음은 6층…. 마치 복잡한 주문을 외우듯이, 한 층을 눌러 이동하고, 다시 다음 층을 누르며 움직였다. 각 층의 복도는 비상등 하나를 빼곤 불이 모두 꺼져 있어 어두웠다. 나는 도망치고 싶은 것을 꾹 참으며 10층으로 올라가는 버튼을 눌렀다.

문이 열리자 따뜻하고 환한 불빛이 보였다. 건너편에는 기관실이라고 적혀 있는 철문이 보였다. 영화관이 영업을 하고 있어서인지, 희미하게 음악소리 같은 것이 들리는 것 같았다.

그것 봐, 괜찮아. 아무것도 아니잖아.

나는 내 목에 걸린 액션캠이 잘 작동하는지, 화면 앞을 손으로 휘휘 저어보았다. 그리고 일부러 하하 웃으며 주위를 둘러보았다. 라이브는 아니지만, 지금 녹화하는 게 그대로 유튜브로 나가게 된다고 생각하니 조금 긴장이 되었다.

애초에 유튜버를 해야겠다고 진지하게 생각했던 것도 아니고, 광희 형이 하던 괴담 채널을 이어받아 진지하게 운영할 생각도 없었지만, 그래도 조금 해보다가 싫증나면 다시 장비며 채널이며 팔아치우면 될 거라고 생각했다.

"아이고, 그냥… 그냥 영화관이네. 자, 그러면 이제… 이제부터가 진짜죠."

그래, 이제부터가 진짜다.

5층으로 내려가서 다시 어두운 복도를 마주해야 하는 것이다. 그 기분 나쁘고 칙칙하고 괴괴한 복도를. 어째서인지, 어디선가 비릿한 냄새가 나는 것 같았다.

문득 화물용 엘리베이터로 올라간 광희 형 생각이 났다.

영화관 말고는 아무것도 없는 이따위 건물에서, 저렇게 커다란 화물용 엘리베이터가 있을 이유가 있나?

아니, 생각을 이상한 방향으로 하기로 치면 끝이 없는 법이다. 하다못해 팝콘이나 음료수라도 실어 나르려면 화물용 엘리베이터가 있어야 하겠지. 하지만 나는 자꾸 그 화물용 엘리베이터에 시체라도 실려 있을 것 같은 오싹한 느낌을 받았다.

말려들고 있어.

문득 생각했다. 지금 이 공포는 진짜가 아니라고. 그냥 광희 형 말대로 생각할수록 찜찜한 게 괴담이니까, 그 찜찜한 느낌에 발목을 잡힌 것뿐이라고. 무엇보다도 광희 형은 이곳 월영시의 모텔에서 인형과 숨바꼭질하는 괴담 속 주술을 실제로 찍어서 올린 적도 있다고 말했다. 모텔이라면 아까 병원에서 이쪽으로 오는 길에 보였던 그 모텔촌 어딘가였을지도 모른다.

괜찮아. 광희 형도 무사하잖아. 괴담에 나오는 주술 같은 것은 전부 뻥이야. 거짓말이라고. 전국 어딜 가도 인터넷이 터지는 시대에, 귀신이 어디 있고 주술이 어디 있어. 그러니까 괜찮을 거다. 나는 내 폰을 들여다보았다. 여전히 인터넷에 잘 연결되어 있다는 것을 알리듯 안테나 수신 막대가 네 개 다 들어와 있었다.

나는 5층 버튼을 눌렀다. 내가 겁쟁이처럼 너무 오래 버틴 것이 아니기를 바라면서. 그리고 엘리베이터가 천천히 아래로 내려갔다.

"으…."

잠시 후, 문이 열렸다.

밖은 어두웠다. 10층을 제외한 다른 모든 층이 그랬듯이, 비상구를 알리는 푸르스름한 등을 제외하고 모든 불이 꺼져 있었다.

그리고 그 어둠 속에서, 뭔가 바닥에서 끌리는 듯한 소리가 났다.

"…!"

나는 침을 꿀꺽 삼켰다. 닫힘 버튼을 향해 손을 뻗었다. 끼익끼익 소리가 가까워지는 가운데, 문은 여전히 열려 있다가 어느 순간 닫히기 시작했다. 그리고 그 문이 반쯤 닫혔을 무렵.

"히이이익!!!!!"

주름진 손이, 문을 붙잡았다.

"아이구야, 사람이 있었구만."

노인이었다. 키가 작고, 다 쪼그라든 것 같은 할머니였다.

이 어둠 속에서 기이하게 보일 정도로 선명한 노란색 스웨터를 입고 있었다. 나는 엘리베이터 구석에 몸을 붙이고 섰다.

기이하다고 생각했던 것은 내 착각이었을까. 다시 살펴보니 그저 평범하고 촌스러운 할머니였다. 그런 할머니가 왜, 10층 위에 있는 영화관을 제외하면 전부 망해서 텅텅 비었다는 건물을 혼자 돌아다니는 걸까.

머릿속이 복잡했다. 그때 할머니가 나를 돌아보며 말했다.

"지하주차장으로 가."

"…."

"주차장으로 가. 아무것도 해치지 말고, 날파리 하나 죽이지 말고. 네 선배가 내려올 때까지 차에 가서 가만히 있어라. 어서."

아, 알았다.

이건 광희 형이 꾸민 짓이다. 광희 형이 나를 겁주려고, 일부러 어디서 이런 쪼그라든 할머니를 섭외해서 나를 놀래려는 게 틀림없었다. 공연히 으스스하게 이상한 말을 중얼거리게 하면서 말이다. 나는 엘리베이터 문을 주먹으로 쾅하고 쳤다. 그리고 씩 웃으며 대꾸했다.

"싫은데?"

나는 1층 버튼을 눌렀다. 이걸 누르면 엘리베이터는 아래로 내려갈 것이다. 다 내려가면 광희 형이 나를 기다리고 있을 것이다. 마지막 방송으로 내가 엘리베이터 안에서 있는 대로 겁을 집어먹고 우왕좌왕하는 모습을 찍으려고 하다가 처참하게 실패한 광희 형의 표정을 생각하니 기분이 좋아졌다. 하지만 어째서일까. 엘리베이터는 아래가 아닌 위를 향해 움직이기 시작했다.

할머니가 딱하다는 듯이 나를 쳐다보았다.

"어서, 중간에라도 내려. 어서."

할머니의 말을 들어야 한다는 생각이 어렴풋이 들었다.

하지만 몸이 움직여지지 않았다. 그 자리에 묶여버린 듯, 나는 손가락 하나 까딱하지 못한 채 엘리베이더 버튼들을 노려보기만 했다.

몸이 움직인 것은 엘리베이터 문이 다시 열렸을 때였다.

"⋯."

10층이었다. 10층이었지만, 바로 조금 전 내가 갔던 그곳이 아니었다. 불이 꺼져 있었다. 비상구를 알리는 등조차 보이지 않았다. 어떻게 된 걸까. 광희 형이 여기까지 장난을 칠수 있었을까. 나는 엘리베이터에서 내려 한 걸음쯤 앞으로 걸어 나왔다. 그리고 나를 기다려주지 않겠다는 듯 엘리베이터 문이 닫혀버렸다.

"애야, 지난 것 아무데나 버리면 못 써. 그리고…."

할머니가 나를 향해 무언가 더 말하려 했던 것 같지만, 제대로 들리진 않았다. 나는 울고 싶었다.

"이… 씨발…."

철문을 열었다. 영화관이 있었다. 불이 꺼지고 먼지가 내려앉은, 폐쇄된 영화관의 흔적이었다.

매점의 팝콘통은 텅 비어 있었다. 매표기 위는 거미줄로 덮여 있었다. 엘리베이터에는 층수를 표시하는 등조차 들어와 있지 않았다. 에스컬레이터 앞에는 폐쇄를 알리는 출입금지 테이프가 가로막혀 있었다.

창문 밖으로 월영시가 내려다보였다. 바로 근처에 뭔가 탑 같은 것이 보였다. 이 주변에서 밝고 환한 곳은 그쪽뿐이었다.

멀리, 어둠 너머로 환한 불빛이 보이긴 했다. 높은 굴뚝이 올라와 있는 것을 보니, 가끔 뉴스에 나오는 산업단지가 저쪽인 모양이었다. 그리 가는 게 확실하겠지만, 일단은 너무 멀어 보였다. 게다가 산업단지 너머는 온통 시커멓기만 했다. 나는 월영시가 바닷가라는 사실을 겨우 떠올렸다. 어쨌든 이 안에 있어서는 대책이 없을 것 같았다. 소름이 돋고, 어쩐지 오줌이 마려운 느낌도 들었지만, 여기서는 화장실에 갈 엄두도 나지 않았다. 어떻게든 밖으로 나가야 했다. 비상구로 내려가거나, 아까 내가 올라왔던 그 엘리베이터로 돌아갈 수밖에 없었다.

소름이 돋았다. 나는 문득, 내 폰을 들여다보았다.

안테나 수신 막대가 전부 표시돼 있었다.

하지만 어째서인지, 전화도 인터넷도 불통이었다. 아무데나 전화를 걸어보다가, 메신저로 친구들이며 가족들을 하나하나 불러보았다. 하지만 아무리 해도 전송이 되지 않았다.

뭔가 잘못되어도 확실히 잘못되어 있었다.

일단은 밖으로 나갈 수밖에 없다. 나는 또다시 그 할머니와 마주치면 어떡하나 생각하며, 아까의 직원용 엘리베이터로 향했다.

1층으로 내려가자마자, 나는 밖으로 내달렸다. 문은 열려 있었다. 나는 밖으로 나오자마자 건물 뒤쪽 화단에 소변을 내갈겼다. 나중에 노상방뇨로 벌금이라도 내야 할지는 모르겠지만, 저 끔찍한 건물 안에서 화장실을 이용하느니 벌금을

내는 쪽이 나왔다. 방광을 비우자 조금 마음이 침착해졌다.

주위를 둘러보았다. 인적은 없었다. 주변의 상가들도 전부 불이 꺼져 있었다. 아까는 불이 켜져 있었는데. 편의점 간판에는 불이 들어와 있었지만, 그 안은 캄캄했다. 뭔가 잘못되었다는 생각에 등줄기에 식은땀이 흘렀다. 그때였다.

"지닌 것 함부로 버리지 말라는데도."

잠깐.

나는 걸음을 멈추고 주위를 둘러보았다. 아까의 할머니는 물론이고 개미새끼 한 마리 보이지 않았다.

하지만 나는 분명히 들었다. 할머니의 목소리를. 지닌 것을 버리지 말라던 그 말을.

설마, 여기서 소변을 보는 것도 안 된다는 말이었나?

심장이 쿵쾅쿵쾅 뛰었다. 어떻게든 가로등도 꺼져 있는 이 어둑한 골목에서 벗어나야만 했다. 그래, 일단은 요 근처에 있는, 조명이 들어오는 탑 같은 쪽으로라도.

달렸다. 숨이 턱까지 차올랐다. 광희 형이 아까 뭐라고 했지? 5층에서 타는 여자는 이 세상 사람이 아니라고 했나? 그럼 그 할머니는 뭐지? 사람이 아니면, 역시 귀신이었나? 혼란스러웠다. 한걸음 한걸음 필사적으로 도망치는데 발목 아래에서 무언가 잡아끄는 듯한 느낌이 들었다. 울고 싶었다.

누구라도 좋으니, 내 앞에 좀 나타나보라고!

방향을 제대로 잡았는지, 흉가처럼 보이는 건물을 지나자 왼쪽으로 불빛이 보였다. 아까 텅 빈 영화관에서 내려다보았던 바로 그 탑이었다. 거대한 오벨리스크 형태의 탑 하나만이 불빛에 휩싸여 있을 뿐, 주변은 여전히 어두웠다.

나는 애원하듯 주변을 둘러보았다. 상가도, 편의점도, 식당들도 있었지만 전부 불이 꺼지고 셔터가 내려진 채였다.

"대체… 여긴 어떻게…."

불빛을 향해 날아든 나방이 된 듯한 기분이었다. 일부러 사람을 유인하기 위해 불을 켜놓은 곳에 내가 내 발로 걸어 들어왔는지도 모른다. 어느새 호흡이 가빠져 있었다. 심장이 갈비뼈를 뚫고 튀어나갈 듯이 거칠게 뛰었다. 무엇을 기리는지도 알 수 없는 위령탑이 나를 압도하는데도, 이상할 정도로 탑의 그림자는 희미했다. 탑 주변의 둥그런 조명이 사방에서 빛을 발하고 있어서 그런 거라고, 나는 애써 생각했다. 하지만 동시에, 뜬금없이 불길한 사실이 하나 떠올랐다.

수술실의 조명을 무영등이라고 부른다. 여러 개의 부드러운 조명을 켜서 수술할 자리에 그림자가 지지 않게 하는 등.

내 발밑의 그림자 역시, 여러 개의 조명이 겹치며 무척이나 희미해져 있었다.

마치 도려내야 할 환부처럼.

꼴사나운 일이었다. 누군가 내 모습을 본다면, 남자새끼가 겁만 많다고 비웃을지도 모른다. 하지만 멈출 수 없었다. 뱃속에서부터 토하듯이 튀어나오는 비명소리를 다시 목구멍 안으로 밀어 넣을 방법을 나는 알지 못했다. 죽음의 공포에 사로잡힌 비명소리가 폐가들 사이에서 메아리쳤다. 그때 탑 옆쪽에서, 무언가 쇳조각을 질질 끌고오는 듯한 소리가 들렸다.

목이 졸리는 듯한 느낌이었다. 병원 침대 같은 것이 탑 옆에서부터 천천히 굴러와 내 앞에 와서 멈추었다. 그 침대 위에는 낯익은 사람이, 광희 형이 누워 있었다. 얼굴이 시커멓게 죽은 듯 보이는 것은, 어둠 때문이었을까?

***

"액션캠에 저장된 영상을 봤어요. 신광희 씨가 목을 졸랐지요?"

나는 입을 굳게 다문 채 고개를 아주 약간만 끄덕였다. 모르긴 몰라도 아마 겁에 질린 표정이었을 거다. 늙수그레한 형사는 딱하다는 듯이 나를 바라보았다.

지난 금요일, 기말고사를 치르고 학교를 나선 나는 월영시 위령비 앞에서 발견되었다. 윗옷이 찢어지고, 한쪽 다리가 부러진 채였다. 정신이 든 것은 이번 주 수요일이었다. 그사이 가족들이 번갈아 내 침대를 지켰고, 고등학교 때 친구들, 그리고 얼굴도 잘 모르는 과대표 등이 다녀갔다고 들었다.

"일단 녹화된 내용을 보면, 신광희 씨가 김태영 씨의 학교 선배예요. 그렇죠?"

"……."

"잘 모르는 사이예요?"

"예…."

"잘 모르는데 왜 따라갔어요."

"유튜브 하는데… 자기 이제 유튜브 그만둔다고."

"신광희 씨가 유튜버였어요?"

"예. 그날 처음 만난 선배였는데, 자기가 촬영하는 거 이번 한 번만 도와주면, 유튜브 장비랑 채널이랑 준다고 그랬어요. 그래서…."

"그러고 갔다가, 목이 졸린 거군요."

나는 대답하지 않았다.

형사는 내게 몇 가지 질문을 더 하더니, 한숨을 쉬며 내게
이야기해주었다.

"김태영 씨, 내가 이런 말 하긴 좀 그런데, 김태영 씨는 운
이 좋았어요."

나는 고개를 들었다. 형사는 쯧쯧 혀를 차며 말을 이었다.

"신광희 씨는 김태영 씨를 죽이고 자기도 자살하려고 했어
요. 아마 자기가 김태영 씨를 죽였다고 생각한 것 같습니다.
자기 죄를 용서해달라는 유서와 함께, 거기 위령비 밑에서
신광희 씨의 시신이 발견되었습니다."

나는 눈만 깜빡거렸다. 형사는 내가 큰 충격을 받았을 거
라고 지레짐작하고는 내 어깨를 두드렸다.

"신광희 씨는 지병이 있었어요. 암 환자였는데, 자기 병을
비관하여 자포자기한 상태였던 것 같습니다. 유서가 발견되
었어요. 너무 늦어서 치료해봤자 별 소용이 없고, 집에 빚도
많은데 자기 한 몸뚱이 치료할 돈 같은 건 없다고."

나는 대답하지 않았다. 형사가 한숨을 쉬었다.

"왜 김태영 씨를 죽이려고 했는지는 알 수가 없지만… 김
태영 씨는 피해자죠. 유튜브 방송 한다고 녹화한 영상들이

전부 증거니까, 너무 걱정하지 말아요."

"…"

"퇴원하면 경찰서에 한 번 들르세요. 형식적인 거니까 걱정하지 말고. 몸조리 잘하고."

그 말만 남기고, 형사는 내 병실을 나섰다.

그가 돌아간다고 인사를 하는데도, 나는 그저 멍한 눈으로 고개만 끄덕였다.

만났을 때는 안경을 안 끼고 있어서 몰랐는데, 이 양아치 같은 녀석은 소프트렌즈를 끼고 있었던 모양이다.

그래도 계획은 성공적이었다. 정말 건강한 몸이다. 무리해서 죄를 지은 보람이 있을 만큼.

사실은 이렇게까지 할 생각은 없었다. 정말로 내기 하던 방송이며 장비며, 누구든 잘 이어받아서 할 만한 사람이 있으면 다 넘겨주고 싶었다. 발작도 심해지고, 더는 버티기 어려웠다. 이번에 병원에 다시 들어가면 살아서 나오진 못할 텐데, 그렇게 고통받으며 비참해지느니 차라리 어디서 뛰어내려 죽을까 하는 생각만 자꾸 들었다.

지금까지 살아올 수 있었던 것은, 백 번째의 방송을 올리고 그만두겠다는 생각 때문이었는지도 모른다. 그렇게 아흔아홉

번의 방송을 하고, 나는 학교 커뮤니티에 올린 판매글을 통해
우리 과 후배라는, 그 싸가지 없는 새끼를 만났다.

　모든 것을 포기한 순간, 내 눈앞에 나타난 그 새끼는 정말
한심한 놈이었다. 다음날이 시험인데 학교 커뮤니티를 들여
다보고, 사람에게 이루 말할 수 없이 무례하게 굴었다. 문득
화가 치밀었다. 내가 저 녀석의 반의반만큼이라도 건강했다
면, 나는 뭐든지 할 수 있을 텐데. 그런 건강한 몸을 하고서
그저 인생을 낭비하다니.

　백물어는 보통은 아흔아홉 가지 이야기를 하고 끝낸다. 백
번째 이야기까지 마치고 나면 촛불을 불어 끈 순간 한 사람
이 다른 세계로 영영 끌려가 사라진다고도 한다. 그래서 나
는 백 번을 채우려고 했다. 그 방송이 끝나면 나는 이 세상을
떠나리라고 늘 생각했었다.

　하지만 이 녀석을 만난 순간 생각했다.

　그 사라지는 사람이, 꼭 나여야만 하는 건 아니잖아?

　지난번 월영시에서 괴담 방송을 찍을 때, 나는 폐지며 고
물 같은 것을 리어카에 싣고 가는 망태 할아버지 같은 영감
님 한 분을 만났다. 그분은 자신의 리어카에 온갖 저주받은
것들을 싣고 가신다고 했다. 그때 그분이 내게 말을 했다.

고물상이란 원래 쓰레기를 치우기만 하는 사람이 아니라고. 있는 고물들 중에 쓸 만한 것이 있으면, 서로 붙여서 고치기도 하는 게 고물상이라고.

병마에 시달리던 나, 신광희의 몸뚱이는 죽었다. 저러고 살아서 뭐가 될까 싶었던 그 놈팽이, 김태영의 영혼도 이제는 모두 저 망태 할아버지의 소유이다. 그 소유가 된 표시로, 김태영의 이름은 저 월영시 위령탑 제일 아래쪽에 새겨졌다.

새로운 삶을 얻겠다며 인간의 영혼을 대가로 내주었으니 아마도 나는 지옥에 떨어지겠지만.

적어도 나는 다시 삶을 얻었다. 그 무례하고 끔찍한 '우리 과 후배님'의, 낭비하기에는 아까울 정도로 건강한 몸과 남은 수명을. 군대에 한 번 더 다녀오는 것 정도는 일도 아니겠지. 다시 얻은 삶을 소중히 여기며, 이제 나는 두 번 다시 그 저주받은 월영시 근처에도 가지 않을 것이다. 그 어떤 괴이도, 내가 겨우 손에 넣은 이 두 번째 삶을 파괴하지 못하도록.

뱀탕에 뱀열마리

김재희

고해진은 '뱀탕에 뱀열마리'를 문자로 자신에게 보냈다. 매일 아침 10시마다 하는 일이었다. 월영시 산업단지 반도체 공장에 남편이 이사로 발령이 나면서 이 집으로 온 지 10년이 흘렀다. 해진은 마흔여섯 살이 된 자신이 아침마다 이 문자를 보내고 있을 줄은 꿈에도 생각하지 못했다. 그리고 시시때때로 들끓는 성욕도.

폐경할 때가 가까워지며 호르몬이 이상해졌는지, 20대에도 그다지 왕성하지 않았던 성욕이 지금은 매일매일 남자를 원할 정도로 강해졌다.

하지만 원한다고 해서 남자가 생기는 건 아니었다.

어느 인터넷 게시판에서 '뱀탕에 뱀열마리'를 자기 핸드폰에 문자로 남기면 남자가 생긴다는 괴담을 읽었다. 괴담이지만 혹시나 하는 마음에 매일 문자를 보내고 있는 것이었다.

남편은 2년 전에 상무로 승진해서 베트남으로 파견근무를 나갔고, 아들은 국제고등학교 기숙사에서 지내고 있었다. 고해진은 남편을 따라가지 않고, 아들 뒷바라지를 한다는 명목으로 한국에 남았다. 워낙 내성적인 성격이라 월영시에 아는 친구나 지인도 몇 명 없고, 알바를 해본 적도 없었다. 그녀는 월영시 신시가지 근처의 고급 전원주택단지에서 하루하루 무의미한 시간들을 흘려보냈다.

일본 AV를 케이블이나 인터넷에서 보기도 했고, 여성용 자위기구를 사용해보기도 했지만 그런 것으론 욕망이 다 채워지지 않았다. 누군가 자신을 진심으로 사랑해주고 터치해주는 촉감을 느껴봤으면 하는 마음이 간절했다. 사랑받고 싶었다.

그런 마음은 어느 날 아이패드로 남편 계정의 클라우드에서 20대 베트남 여성과 남편이 어깨동무하고 찍은 사진을 보고 나서 더욱더 간절해졌다. 그 사진은 아이패드가 남편의 폰과 연결돼 있어 자동으로 뜬 것이었다.

울며불며 남편과 화상통화를 했다. 남편은 해진에게 오해라고, 아는 직원인데 어쩌다 회식 후 찍은 거라고 읍소했다. 해진은 남편을 믿고 그냥 넘어가기로 했지만, 역시나 마음 한쪽이 찜찜했다. 하지만 어쩔 수 없었다. 아들은 수험생이고, 남편의 생활비는 제날짜에 잘 들어왔다. 안온한 생활을 이혼으로 마무리할 순 없었다. 그러다가 문득, 남편이 그랬다면 자신도 그럴 수 있겠다는 생각이 들었다.

하루종일 집에만 있으면 남자를 만날 기회조차 없었다. 요즘 유행한다는 소셜데이팅 앱을 깔고 몇 번 채팅까지 했지만 결국 겁이 나서 중간에 그만뒀다. 자연스럽게 사람을 만나려면 아무래도 사회생활을 하는 것이 좋겠다 싶었다. 구시가지의 백화점 식당에서 서빙을 해볼까도 했지만 그런 일을 감당할 만큼의 체력은 되지 않을 것 같아 마음을 접었다. 게다가 그곳의 VIP 고객인 내가 홀서빙이라니, 누가 알면 망신살이 뻗칠까 걱정도 되었다.

유일하게 외출하는 기회는 자신이 먹을 음식을 사거나, 백화점 가서 옷을 사거나, 여성전용 필라테스 스튜디오에 가서 필라테스나 요가를 하는 정도였다.

해진은 드레스룸의 전신거울 앞에 서서 자신의 몸을 비춰

뱀탕에 뱀열마리

보았다. 늘씬한 몸에 기다란 팔다리 덕분에 여전히 멋진 몸
매를 유지하고 있었다. 하지만 처진 입가나 얇은 입술, 작은
가슴은 불만이었다.

나를 사랑해줄 남자는 있을까.

백화점에서 옷을 사고 모텔촌을 지나서 집으로 오는 길에
'저 수많은 모텔에는 사랑하는 남녀가 득시글할 텐데, 왜 나
는 이렇게 혼자일까…' 하는 자조감이 들었다.

그날은 '뱀탕에 뱀열마리' 문자를 보낸 지 열흘째 되는 날
이었다. 그간 남자를 만나보려고 성인 유흥 관련 인터넷사이
트이나 중년 남녀들의 커뮤니티를 들락거렸고, 혹은 피팅모
델 같은 알바를 구할 수 있을까 해서 구인구직 카페에도 자
주 들어가 눈팅을 했다.

'뱀탕에 뱀열마리' 문자를 보내고 카페에 들어가 보니 마
침 피팅모델을 구한다는 글이 올라와 있었다.

〈요가 레깅스 모델분 구합니다〉

저는 강현태라고 합니다. 수년간 활동한 전문 작가이므로 초보모델도
괜찮습니다. 나이는 40대를 찾습니다. 촬영장소는 제 월영시 포토스
튜디오 등지에서 합니다. 페이는 5만원을 시급으로 드립니다. 2시간

소요됩니다. 얼굴 비노출 가능해요.

-카톡 아이디_3113photoXX

해진은 잠시 망설이다 결심했다. 보통 피팅모델은 20대를 뽑는데 특이하게 40대를 뽑는다는 게 의아하면서도 귀에 솔깃했다. 집 근처라니 부담도 없었다. SNS에 사진이 공개되면 자신의 늘씬한 몸매 덕분에 의외로 인기를 끌 수 있을지 모른다는 생각도 들었다.

해진은 곧바로 톡을 보냈다.

모델일 관심 있어 연락드립니다.

잠시 후 답이 왔다.

전화로 하시죠. 제가 전화번호 드릴 테니
연락처 저장해주세요. 보이스톡 드리겠습니다.

"여보세요, 저는 강현태 사진작가입니다. 톡 주신 분이죠. 혹시 저희가 찾는 몸매 스펙에 맞는지 사진을 좀 주실 수 있는지요. 평상복도 피트된 건 괜찮습니다."

해진은 시간을 달라고 한 뒤 얼른 레깅스 중에 무난한 걸 고르고 그 위에 면티를 입고서 전신거울 앞에서 거울셀카를 찍어 보냈다. 잠시 후 전화가 왔다.

"저희가 찾는 스펙에 잘 맞네요. 촬영 가능하시면 저희 스튜디오로 와주실 수 있는지요. 어디 사시죠?"

해진은 강현태와 약속을 잡고 다음날 구시가지에 있는 월령오피스텔로 가기로 했다. 강현태는 오피스텔을 포토스튜디오로 꾸몄다고 설명을 덧붙였다.

***

강동경찰서 여성청소년계 서선익 형사와 강아람 형사는 최근에 강동구 내에서 일어난 여성 실종사건을 수사하고 있었다. 지금은 용의자가 글을 올린 컴퓨터의 IP주소가 월영시 오피스텔과 원룸촌 반경 500미터 이내라는 정보를 얻고 월영시로 가는 중이다. 국도와 고속도로를 번갈아 타면서 아람은 최대한 속력을 냈다. 속력이 올라가자 아반떼가 이리저리 불안정하게 흔들렸다.

"거어, 운전 좀 살살해. 아무리 관용차라도 그렇지. 자기 차라면 그러겠어?"

선익이 몸을 사리자, 아람은 쿡 웃었다.

"스트레스 풀리잖아요. 내 차면 더 밟죠."

"그냥 큰 도로로 쭉 가라고, 이리저리 갈아타지 말고. 아람 형사, 제발, 응?"

"네에, 알겠습니다. 참, 서 선배. 실종자 김오현 외에도 그 근처에 실종자가 한 명 더 있는 거 알죠? 이선미도 20대 여성이고 피팅 알바도 하고 프리랜서 웹디자이너로 일하는 사람인데, 범죄 대상으로 20대만 물색하는 걸까요?"

"일단은 동일범이라는 확신이 아직 없지만, 그렇다고 두 사건의 연계성을 무시할 수는 없어. 직장동료 말에 의하면 김오현은 알바로 학자금 대출을 갚으려고 했대. 그래서 모델 알바 구하는 글을 꾸준히 올렸고, 그러다 피팅모델을 하는 사무실에 찾아갔다가 실종. 사무실 위치는 가짜였고, 아마도 흔적을 남기지 않는 SNS로 연락 후 다른 장소로 이동했으리라 추정."

운전을 하던 아람이 고개를 끄덕이며 말을 이었다.

"그 감성사진작가라는 닉네임의 사람이 월영시 오피스텔

과 원룸 밀집촌에서 컴퓨터를 사용한 흔적이 잡힌 거죠?"

"후이즈 사이트에서 IP로 특정지역을 확정한다지만 통신사 기지국에서 정확한 주소를 찾아내려면 구속영장을 받아내야 하는데, 시간이 걸려. 늦지. 일단 영장 올렸으니까 기다려보고 우선 탐문으로 원룸이나 오피스텔을 뒤져야 해. 어쩌면 영장 안 나올지도 몰라. 개인정보보호법이 수사에는 피해를 줄 때도 많다니까."

"네, 알겠습니다."

*   *   *

월령오피스텔 1102호 앞에서 해진은 벨을 눌렀다. 문이 열리고 환한 미소를 지은 남자가 문을 열어주었다.

"강현태 작가님?"

"네, 맞습니다. 잘 찾아오셨어요."

해진은 약간 겁이 났지만 오피스텔로 들어섰다.

"둘이서만 찍는 거예요?"

"아니요, 돕는 조수 있어요. 야, 나와봐."

키가 크고 얼굴이 허여멀건 청년이 가림막 안에서 나왔다.

반팔을 입었는데 두 팔에 기이한 문양의 문신들이 있었다. 피부에 핏기가 없어 왠지 뱀파이어 같은 분위기를 풍겼다.

스튜디오는 온통 하얀 페인트로 칠해져 있었고, 테이블이나 꽃병과 조화 같은 소품들이 놓여 있었다.

"탈의는 가림막 안에서 하시고요. 저는 그동안 장비를 점검하고 테스트할게요. 야, 시작하자. 맥북이랑 케이블 테더링하고 장비 연결됐는지 살펴봐. 리플렉터 준비됐지?"

"네, 알겠습니다. 600와트 라이팅 조명으로 할까요?"

"응. 카메라는 소니 A7 마크쓰리로, 렌즈는 FE2470으로 세팅해."

해진이 핸드백을 움켜쥔 채 장비를 준비하는 모습을 지켜보다 걱정스런 얼굴로 강현태를 쳐다보았다.

"무슨 불편한 일이라도? 이거 착의하세요."

강현태가 요가복을 내밀며 물었다.

"저어, 몰카 같은 건 없는 거죠?"

해진은 강현태가 건네는 요가복을 들고 가림막을 보면서 약간 떨리는 듯한 목소리로 물었다.

"제가 그런 파렴치한으로 보여요? 기분이 좀 그런데요? 그렇게 의심스러우면 그냥 가실래요?"

강현태는 조수를 보며 어이없다는 듯 어깨를 으쓱했다.

"아니, 요새 워낙 그런 일들이 많아서요…."

해진은 자신이 괜한 의심을 한 건 아닌지 무안한 마음에 말끝을 흐렸다.

강현태가 카메라 장비 세팅된 것을 확인하고 조명을 환하게 켰다. 해진은 쏟아져 내리는 불빛에 눈을 감았다가 떴다.

해진은 옷을 갈아입고 나왔다.

촬영이 시작됐다. 강현태는 카메라를 들고서 해진에게 다가왔다. 해진은 뱀파이어 청년이 노트북으로 보여주는 요가 동작을 그대로 따라했다. 오랫동안 배운 동작들이어서 전혀 어렵지 않았다. 플랭크 자세와 비슷한 차투랑가, 다리와 두 손을 짝 벌리는 워리어, 뱀이 고개를 쳐드는 모습 같은 코브라 자세를 취했다.

"그 자세 좋네요."

강현태의 말에 해진이 웃으며 답했다.

"아, 이거 코브라 자세요? 이렇게 하면 등이 시원해요."

"네, 좋습니다. 자연스럽네요. 몸의 곡선이 부드럽게 연출되네요."

청년은 반사판과 리플렉터를 들고 조명을 환하게 받쳐주

었다.

요가복을 몇 벌 갈아입으며 사진을 수십 컷 찍었다. 강현태는 해진이 옷을 갈아입으며 전혀 불쾌하지 않도록 배려해주고, 촬영 작업도 매우 진지한 자세로 했다. 하얀 조명 아래 공들여 화장한 해진의 얼굴과 신제품 레깅스와 스포츠브라를 입은 그녀의 몸매가 아름답게 빛났다.

"이제 마지막 샷을 찍을 건데요. 그건 이 신제품 레깅스 시착하시고 밖에서 찍어야 돼요. 감성어린 느낌으로, 레깅스 입고 아주 편하다는 해방감을 온몸으로 표현해주세요. 햇살을 향해 두 팔을 들어올리고 손을 흔드시면 되거든요. 손에는 지금 입고 계신 민트색 레깅스를 들고 하늘로 흔들면서 가장 좋아하는 노래를 콧노래로 부르시면 됩니다."

해진은 깔깔 웃었다.

"여기 근처 사람들이 뭔 옥상에서 레깅스를 흔드나 하겠네요. 요상해 보이겠는데요? 재밌을 거 같아요."

해진은 새로운 레깅스로 갈아입고, 입었던 레깅스는 손에 든 채 강현태와 엘리베이터로 이동해 옥상문을 열고 나갔다.

화창한 날씨에 부드러운 바람이 불었다. 강현태는 해진에게 사다리 위에 올라가서 레깅스를 흔들어달라고 했다.

"이 사다리 튼튼할까요?"

"네, 걱정 마세요."

해진은 한 손으론 사다리를 붙들고 다른 한 손으로 레깅스를 들고 흔들었다. 진심으로 해방된 느낌이었다. 무료한 삶에서 벗어나 뭔가 제대로 된 일을 하고 있다는 자부심마저 들었다. 기분이 좋았다. 해진은 스스럼없이 엘가의 '사랑의 인사'를 콧노래로 흥얼거렸다. 오래전 대학교 다니던 시절, 그림 동아리 활동을 할 때 야외에서 풍경화를 그리던 추억이 떠올랐다. 그때 첫사랑이었던 과 동기는 해진에게 들꽃을 따서 선물로 건넸다. 풋풋한 추억이지만 아련하게 다가왔다.

해진은 사다리에서 안정감을 찾자 나머지 한 손도 놓았다. 레깅스를 두 팔로 들고 흔들며 바람을 느꼈다. 가슴속에 박혀 있던 무언가가 푹 하고 터져 나왔다.

"컷! 아주 좋습니다. 건졌어요! 이제 촬영 시마이하시죠."

해진은 오피스텔로 돌아와 옷을 갈아입고 나갈 준비를 했다. 뱀파이어 청년은 어디 갔는지 보이지 않았다.

"자, 수고하셨어요. 여기 페이요."

강현태는 두 시간 동안의 페이 10만 원을 봉투에 담아 내밀었다.

"사진은 어디에 쓰시는 거죠?"

강현태는 미소 지으며 카메라를 연결한 노트북 화면을 보면서 답했다.

"동대문 쇼핑몰에서 의류를 보내주고 제가 사진 찍어 보내면 스마트스토어 같은 데서 판매를 하죠. 오늘 얼굴을 안 잡고 뒤에서 주로 찍었고, 얼굴 나온 컷도 편집을 할 거니까 혹시라도 걱정할 일은 없을 거예요."

해진은 고개를 끄덕였다. 강현태 얼굴을 처음 봤을 때부터 이런 남자라면 혹시라도 자신과 몰래 사귀더라도 폭력을 가하진 않을 것 같았다. 유부녀라는 걸 빌미로 잡고 돈이나 뜯어낼 사람 같아 보이지는 않았다. 해진은 이 사진작가와 더 친해지고 싶은 마음이 들었다. 게다가 작업을 해보니 꽤 실력 있는 사람 같았다.

"그런데 왜 40대 모델을 찾으셨어요?"

해진은 궁금한 점을 질문했다.

"그야 레깅스 쇼핑몰에서 주부 상대로 판매한다고 해서 비슷한 연령대를 찾았죠. 날씬하셔서 사진이 괜찮았습니다. 작업물이 결과가 좋네요. 이제 색하고 몸매라인 보정해서 업체에 보내고, 몇 컷은 제가 그냥 보내드릴게요. 모델 일 하시면서 포트폴리오나 프로필 사진으로 쓰세요."

해진은 화장을 다 고치고 아주 수줍게 작은 목소리로 제안했다.

"시간되시면 제가 밥을 살게요. 백화점 식당가에 괜찮은 식당들이 있거든요."

"오늘은 시간이 안 되네요. 다음에 하죠."

해진은 멋쩍은 웃음으로 인사를 하고 주차장으로 향했다. 벤츠 E클래스는 남편이 두고 간 차였다. 해진은 자신이 타던 제네시스를 팔고 남편 차를 이용했다. 오피스텔 주차장에서 나와 도로로 진입해 마트와 백화점 방향으로 향했다. 10만 원으로 기름도 넣고 장도 볼 참이다.

핸드폰으로 '사랑의 인사' 오르골 음악을 들으면서 운전했다. 기분이 좋으면서도 무언가 좀 묘했다. 하긴 누구나 어떤 일을 처음 해보면 이런 심정일 거란 생각이 들었다.

먹자골목을 지나는데 예전과 달리 문 닫은 가게들이 눈에 들어왔다. 백화점 등이 생기면서 구시가지의 노포들은 장사가 시원치 않아 주인들이 이사 나가고 세입자가 안 들어와 방치된 채였다.

삼겹살집 앞에 을씨년스럽게 쓰레기들이 방치된 곳에 잠

시 눈길을 주다가 갑자기 보행자가 도로로 끼어드는 바람에 급브레이크를 밟았다.

"어우, 뭐야!"

살펴보니 신호등이 없는 횡단보도였다. 사고가 나도 운전자 과실이 큰 곳이다. 얼룩덜룩한 노란 스웨터를 입은 할머니가 두 눈을 부릅뜨고 운전석으로 다가와 주먹으로 문을 쾅쾅 내려쳤다.

접촉은 없었지만 해진은 얼른 사과해야겠다는 생각에 창문을 내렸다.

"죄, 죄송해요."

"그, 그놈이 전화혀도 만나지 마. 파먹혀."

"네에?"

"만, 만나지 말라고!"

해진은 얼른 창문을 올렸다. 친정엄마가 치매로 고생하다 돌아가셨다. 저런 증세는 너무 잘 안다. 해진은 액셀을 밟고 마트 주차장으로 들어가는 도로로 진입했다. 백미러로 보니 할머니는 어디론가 사라졌다.

해진은 찜찜함을 떨치면서 주차장으로 들어갔다. 그렇잖아도 저번에 소셜데이팅 앱으로 연락하고 톡만 주고받던 남자가 집요하게 톡을 걸어서 앱을 삭제했는데, 안 만나기를 잘했다는 생각이 순간 들었다.

생각해보니 그날 오전에 '뱀탕에 뱀열마리' 문자를 안 보냈다는 걸 깨달았다. 모델 알바를 하기 위해 공들여 화장하고 나오느라 잊어버렸다. 해진은 강현태의 훈훈하게 생긴 얼굴을 떠올리며 그동안 보낸 문자가 효력을 본 건가 생각해봤다. 주차 후에 백미러를 보니 입가에 미소가 환하게 걸렸다. 간만에 활기차고 젊어 보였다. 기분이 꽤 좋았다.

***

아람이 운전하는 아반떼가 구너널로 월엉시에 진입했다.

"여기저기 공사현장이 많네요."

아람이 주변을 훑으며 말했다.

"아마, 대단위 공장단지가 있어 새로 터널을 뚫는다는 것 같던데. 아람 형사! 조심해!"

차가 공사현장 신호수를 피하려다 경계석에 스칠 뻔했다. 급브레이크를 밟자 선익의 몸이 들썩였다.

"운전 내가 해?"

"아뇨. 선배는 편하게 보조석서 주무세요."

"이런 운전에 잘 수나 있나."

"근데 선배, 원룸과 오피스텔 밀집된 곳을 어느 세월에 다 뒤져요?"

"부동산에 가서 캐야지. 거기뿐이야? 카페 밀집한 번화가도 훑어. 발품 팔아야 돼. 실종자들이 서울서 원룸에 살던 게 맘에 걸려. 누군가 그녀들을 미행하던 남자가 집을 알아내고 뭔가 수작을 부렸을 가능성도 무시 못해. 모든 가능성을 열어놔야지."

이야기를 나누다 목적지에 도착했다. 그들은 차에서 내려 부동산을 찾기 위해 주변을 둘러보았다.

아람은 선익을 따라가다 리어카에 책과 폐가전을 싣고 다니는, 얼굴에 검버섯이 가득한 노인을 보았다. 그때 노인의 리어카에서 책 뭉치가 툭 하고 바닥에 떨어졌다.

"잠깐만요, 할아버지. 이거 떨어뜨리셨어요."

아람이 노인에게 다가갔지만, 그는 못 들은 척 리어카를 끌고 갔다. 선익이 주변을 둘러보는 사이 아람은 노인을 쫓아갔다. 노인은 힘이 장사인지 걸음도 무지하게 빠르고 리어카도 속도가 제법 났다.

노인은 헌옷수거함 앞에서 리어카를 멈췄다. 그는 옷걸이를 길게 늘여서 만든 꼬챙이를 쭉 집어넣어서 옷가지들을 꺼냈다. 분홍색의 스포츠브라와 스웨터 등이 꼬챙이에 걸려 나왔다. 아람이 등뒤로 다가가 물었다.

"어? 그거 요가복 아니에요? 멀쩡한 거 같은데."

아람이 스포츠브라에 관심을 보이자 노인이 큰소리로 호통을 쳤다.

"수거함에서 꺼냈는데, 경찰서 데려가고 싶으면 맘대로 혀! 난 죄 읎어. 이게 어려운 사람 가져가라고 있는 건데 수거회사만 재미 보면 쓰나!"

선익이 그제야 다가와 아람 옆에 섰다.

"저어, 이거 떨구셔서 들고 온 긴데."

아람은 책뭉치를 리어카에 실었다.

"그거 몰래 들고 가려던 거 아녀?"

선익이 끼어들었다.

"죄송합니다, 어르신. 오해세요. 이 원룸들에 사는 사람들이 어떤 사람들인지 알아보려면 어디로 가야 해요?"

"부동산 가봐. 뭔 젊은 사람들이 그런 것도 몰라?"

"네, 알겠습니다."

노인이 리어카를 끌고 멀어지자 아람이 나지막하게 말했다.

"선배, 왜 괜한 질문 던진 거예요?"

"그 감성사진작가라는 사람이 나이가 삼사십대로 추정된다고 서울청 과학수사계 선배가 귀띔해주기는 했는데 그래도 혹시 몰라서. 관련 있나 떠본 정도?"

"설마요. 성범죄자 알림e 홈피 봐도 저런 노인은 드물다고요."

"젊은 여성 운동복을 들고 있어서 아람 형사도 캐물은 거아냐?"

"그건 그렇죠. 근데 수거함서 옷걸이로 꺼낸 거였어요. 선배는 못 봤구나."

"응, 확실히 정상적으로 답하는 거나 거리낌없이 호통치는 것도 그렇고, 컴퓨터로 피팅모델 구할 연령대는 아니지? 일단 실종자 사진 돌려서 부동산업자들에게 본 적 있는지 물어보자구."

"선배, 실종자들이 여기 살고 있을 가능성 보는 거죠?"

"단순가출도 많고, 감성사진작가라는 사람과 같이 내려왔을 수도 있고, 여러 가능성을 보자는 거지."

"저기 부동산이 이 근방에서 가장 큰데, 가봐요."

아람과 선익은 원룸과 오피스텔 밀집지역 중앙에 있는 '한양 부동산'에 들어갔다.

선익은 공무원증을 보여주고 탐문을 시작했다. 육칠십대 정도로 보이는 부동산 사장은 형사라 밝혀도 전혀 개의치 않고 말했다.

"혼자 사는 20대 여성이 어디 한둘이야? 여기 월영시 산업단지에 공장이 몇 갠데. 사택으로 충당 안 되고, 허파에 바람 난 젊은 애들은 괜히 돈 써가면서 원룸 얻고 그러잖아. 나야 복비만 받으면 땡큐지만."

"이런 여자분 본 적 있으세요? 이름은 김오현이고, 스물여섯 살이고, 서울서 작은 회사 다녔어요. 실종된 지 일주일 됐거든요."

"몰라…. 우리 부동산 대표들 단톡방에 올리게 그거 나한테 토스해봐."

부동산 사장은 톡방에 사진과 이름을 올리는가 싶더니 잠시 후 고개를 저었다.

"모른다는데. 계약서 뒤져봐도 김오현이란 이름은 없대. 우리 톡방서 모르면 다른 데 가도 몰라. 월영시 밖이라면 몰라도 여기 원룸하고 오피스텔은 우리들이 꽉 잡고 매물 돌려서 내놓고 거두고 하는데."

아람과 선익은 소득 없이 부동산사무실을 나왔다.

"사이버수사대 수사 기다리거나 영장 떨어져서 주소 특정 후 내려왔어야 되는 거 아닌가요?"

선익이 코를 킁킁거리다가 재채기를 했다.

"실종은 좀만 늦어도 목숨이 왔다갔다해. 김오현은 그나마 직장동료가 가족과 연락해 신고해줬지만, 이선미는 프리랜서로 일하니까 가족들이 뒤늦게 알아채고 신고가 늦어서 더 흔적이 없잖아."

"그건 그렇죠."

"일단은 관리사무소들을 돌아보자구. 그리고 다른 부동산도 가보고. 젊은 청년이거나 여성 사장들이 하는 데는 저 부동산 사장과 연령대와 성별이 다르니까 교류가 없을 수 있다는 가정하에, 뭔가 알고 있을지도 몰라."

"넵, 알겠습니다. 저기 가장 큰 오피스텔부터 가보죠."

"오케이."

아람과 선익은 탐문 수사를 다녔지만 큰 소득은 없었다. 다만, 몇몇 부동산에서 새로 입주한 입주자들 리스트를 며칠 내로 보내주겠다는 확답을 받았다. 개인정보보호법 때문에 이런 정보를 얻는 건 경찰도 쉽지 않았다. 선익과 아람은 근처 모텔에 방을 잡고 다음날부터 번화가 쪽 카페 등지로 넓혀 탐문 수사를 하기로 했다.

***

이틀 후 해진은 아침 일찍 강현태에게서 사진을 받았다. 얼굴이 있는 사진으로 해진에게만 보낸다고 했다. 그리고 스마트스토어에는 얼굴 없이 올라간다고 했다.

얼굴이 보이지 않는다니 해진은 내심 서운했다. 하지만 혹시 아들이 볼지도 모른다고 생각하니 그런 강현태의 배려가 고마웠다. 해진은 강현대에게 백화점에서 저녁식사를 함께 하자고 연락했다. 강현태는 백화점보다는 먹자골목에서 보자며 해진의 제안에 응했다. 해진은 허름한 노포들과 노란색 스웨터 할머니가 떠올랐지만 알겠다고 했다.

오전에 필라테스 스튜디오에서 하타요가 수업을 들었다. 하타는 자아실현을 중시하는 요가다. 비혼의 여성 강사는 늘 명상을 중요시했다. 비가 와서 그런지 수강생은 적었다. 바닥을 40도 이상으로 덥혀놓아 가부좌를 튼 몸에서 비 오듯

땀이 흘러내렸다. 머릿속이 어젯밤 꿈으로 어지러웠다. 명상한다고 집중할수록 꿈이 더 선명하게 떠올랐다.

해진은 몸이 근육질로 다져진 남자와 속옷을 입은 채 서로를 애무하고 있었다. 남자가 부드러운 손길로 해진의 속옷을 벗겼다. 남자의 얼굴이 보이지 않았지만, 해진은 왜인지 강현태일 것 같다는 느낌이 들었다. 해진이 간절히 바라던 그 느낌, 사랑받는다는 행복감 속에 자신을 마음껏 풀어놓으며 즐길 수 있었다. 격정적인 섹스를 하면서 해진은 남자의 얼굴을 똑바로 볼 수 있었다.

남자의 얼굴에 드리운 뿌연 안개가 사라지면서 얼굴이 드러났는데, 얼굴 피부가 뱀가죽처럼 보였다. 남자는 두 눈을 감고 있었다. 해진은 소름이 끼쳤지만, 남자를 벗어날 수 없었다. 엄청난 쾌락의 힘이 그녀를 끌어당겼다. 뱀 머리 같은 남자의 얼굴이 가까이 다가왔을 때 눈을 떴는데, 남자의 눈이 눈동자 없이 하얗게 비어 있었다.

해진이 비명을 내질렀지만 온몸이 가위에 눌려 꿈쩍도 할 수 없고 소리조차 나오지 않았다. 가까스로 발가락을 꿈질거려 꿈에서 깼지만, 몹시 불쾌하고 무서웠다. 뱀과 섹스를 하고 있었다니.

해진은 무섭고 뭔지 모를 이상야릇한 기분에 휩싸였지만 애써 현실로 돌아오기 위해 젊은 강사의 말에 집중하며 요가에 몰입하려 했다.

"온몸을 이완시킵니다. 무릎 위 두 손을 조그맣게 주먹 쥡니다. 공기의 파동을 느껴보세요. 기의 흐름과 정신적 에너지가 내 온몸에 충만하다고 여기세요."

강사의 목소리가 명상음악과 절묘하게 어우러졌다. 해진은 눈을 감고 한참 명상을 하는데 두 다리가 간지러웠다. 느낌이 이상해 두 눈을 뜨고 보니 레깅스 입은 하체를 알록달록한 뱀들이 감싸고 있었다. 이상했다. 해진은 고개를 들어 말을 하려고 했지만 목에서 소리가 나오지 않았다. 손가락도 까딱할 수 없었다. 다시 시선을 내렸다. 뱀들이 무릎을 타고 오르려 해서 저지하느라 온몸에 힘을 주는데, 그중 검은색 뱀 한 마리가 허벅지를 타고 오르더니 배와 가슴을 지나 목을 감쌌다. 비명을 지르고 싶었지만 가위눌린 듯 꿈쩍도 할 수 없었다. 검은 뱀이 갑자기 해진의 얼굴로 고개를 쳐들고 달려들어 그대로 왼쪽 눈을 파냈다.

으아아아!

해진은 비명을 질렀지만 소리가 목구멍에 꽉 막혔다. 그러다 갑자기 무언가에 놀란 듯 상체가 벌떡 일으켜졌다. 그제야 눈을 떴다. 모든 게 환각이었다.

강사가 다가와 나직하게 말했다.

"회원님, 어디 불편하세요?"

"아, 아니에요."

해진은 얼른 나와 샤워도 생략한 채 차를 몰고 집으로 향했다. 집에 돌아와 샤워를 하면서 방금 전 본 환각을 떠올리고 몸서리쳤다.

샤워 후 화장을 하면서 몇 번이나 약속을 미룰까 고민하다가 그냥 나가보기로 결정했다. 강현태처럼 바쁜 사진작가가 다음에 또 만나줄 거란 기약도 없고, 약속 어기는 모델을 다시 불러줄 것 같지도 않았다.

샤워 직후 바른 조 말론 블랙베리 바디로션과 같은 향의 향수를 몸에 뿌렸다. 드레스룸 서랍장을 열자 여러 가지 다채로운 색들의 속옷이 가지런히 정리돼 있다. 노란색 레이스가 달린 브래지어와 팬티를 꺼냈다. 한 번도 안 입은 프랑스제 고가의 속옷이었다. 속옷 컬렉션이 취미인 해진은 철마다 여러 벌의 속옷을 사 모았다.

해진은 몸에 붙는 회색의 니트 미니원피스를 입고 스타킹을 신었다. 더욱 젊고 날씬해 보였다.

술을 마신다면 어쩌지? 하는 생각이 들었지만 벤츠를 몰고 나가기로 했다. 강현태가 벤츠를 보면 해진을 더 괜찮은 사람으로 봐주리란 속셈도 있었다. 차는 이미지메이킹에 확실하게 도움을 준다. 술을 마시게 되면 대리운전을 부르거나, 강현태의 오피스텔 건물이나 백화점에 차를 두고 택시를 불러도 된다.

만약에 강현태가 자자고 은근한 유혹을 한다면.

해진은 머릿속이 복잡해졌다. 남자의 진심어린 손길을 무수히 받고 싶었고 강렬한 성욕을 느꼈지만, 그래도 그런 순간에 모든 걸 잊고 즐길 수 있을까 걱정이 앞섰다. 남편에게 들킨다면, 아들에게 실밍스런 엄마가 된다면, 불륜이라고 들통나서 더는 동네사람들 얼굴을 볼 수 없게 된다면, 필라테스 수강생들이 알게 된다면 등등 온갖 걱정이 머릿속을 스쳤다. 심지어 피임도구는 어떻게 하나 하는 잡생각까지 들었다. 해진은 고개를 흔들었다. 그리고 얼른 늦지 않게 차 키와 샤넬 보이백을 들고 집을 나섰다.

먹자골목 근처 카페에 강현태가 먼저 나와 있다가 해진을 보고 손을 흔들었다. 그들은 카페를 나와 해진의 차로 이동했다.

"일단 차를 빼야 되는데, 어디로 가죠?"

"근처에 제가 자주 가는 단골바가 있는데, 그리로 가죠. 간단히게 안주 겸 식사도 나오거든요."

해진은 스마트키를 눌렀다. 삐빅, 차문 열리는 소리가 하얀색 벤츠에서 났다.

"우와, 제 드림카 타시네요. 피팅모델은 그냥 취미였군요."

해진은 웃음을 감추고 무표정하게 말했다.

"몇 년 된 거예요. 아무것도 아니에요."

강현태는 검은 재킷에 회색의 슬랙스를 입어서 더 슬림해 보였다. 검은색 구찌 구두가 잘 어울렸다. 해진은 환하게 미소 지었다.

"차는 어디에 두실래요?"

"백화점에는 24시간 댈 수 있는데, 우수고객이라서요. 근데 여기랑 거리가 좀 있어서, 어떻게 할까요?"

강현태는 좁은 골목길에서 해진을 먼저 내려주고 벤츠를 공영주차장에 주차하겠다고 했다. 강현태는 능숙하게 운전해서 차를 주차했다.

강현태는 모텔들이 밀집한 모텔촌으로 향했다. 봄날, 37.2

도, 5월에 등등의 다양한 이름이 건물 외벽에 붙은 모텔촌 인근에는 호프집과 칵테일바, 이자카야가 많았다. 해진은 살짝 긴장감을 느끼며 침을 삼켰다.

강현태는 봄날 모텔 옆의 건물 2층으로 앞장서서 올라갔다. 두 사람은 자그마한 칵테일바로 향했다.

아담한 공간에 다트와 당구대가 놓여 있고, 아기자기한 마블 히어로 피규어들로 장식돼 있었다. 강현태는 해진에게 피나콜라다와 나초칩 등을 권했다. 해진은 고개를 끄덕였다. 칵테일과 안주를 마시며 강현태는 한참 동안 재미있는 이야기들을 들려주었다. 해진은 그와 눈을 맞추고 깔깔 소리내어 웃었다.

"작가님은 결혼하셨어요?"

"돌싱입니다. 양육비 대느라 온갖 일 다 받아요. 쇼핑몰부터 개인 바디프로필 사진까지요."

"어머, 저도 모델 일 늘리려면 제대로 프로필 촬영 의뢰해야겠다. 어쩌다 사진작가가 되신 거예요? 사진과 나오셨어요?"

"대학교 나오고 그냥 평범한 직장 다니다 인스타그램에 이것저것 사진 올리고 그러면서 상업사진을 찍게 됐죠. 꿈은

김중만이나 구본창인데 아직은 이런 일만 해요. 첨에 사진 입문했을 때 사진과 카메라 역사도 좀 팠었죠. 레오나르도 다 빈치의 카메라 오브스쿠라에서 기원이 된 게 카메라인데, 1826년 프랑스 화학자 니엡스가 찍은 게 세계 최초입니다. 1839년에 다게르가 은판사진술을 완성하면서 발전해서 코닥이나 라이카 렌즈회사 등이 탄생했죠. 지루하죠?"

해진은 고개를 저었다. 그리고 진지하게 말했다.

"아뇨, 멋져요. 이런 이야기 오랜만에 들어요."

"참, 작품 사진 보여줄게요."

강현태는 폰의 파일을 열어서 쇼핑몰 관련 상업사진과 자연의 꽃과 나무 그리고 뱀 사진 등을 보여주었다.

"어머 섬뜩해라. 뱀가죽은 가방으로는 좋지만 실물을 이렇게 생생하게 담으니 소름 끼쳐요."

"이 뱀은 유혈목이라는 한국 토종 뱀인데, 윗입술에 독선이 있어 물리면 바로 실신하죠."

해진은 등판에 붉은색 무늬가 규칙적으로 있는 유혈목이를 유심히 보았다.

"지리산에서 찍은 놈인데, 영험한 기운이 풍기는 게 보통 아니에요. 어릴 적 할머니가 해준 얘기 중에 구렁이 처녀 전설이 있어요. 들어볼래요?"

"호호, 해줘요."

"산중에 사는 구렁이가 처녀로 변신해서 자신의 집을 방문한 남자를 잘 모셨대요. 한참 지나고 남자가 본처와 아이들을 만나려 하니까 구렁이 처녀가 남자의 아내와 아이들을 위해 집을 지어주고, 음식도 넘치게 해줬다죠. 남자가 다시 구렁이 처녀에게 돌아가는 길에 한 노인을 만나게 돼요. 노인은 구렁이가 요괴라면서 죽이는 방법을 알려주죠. 남자는 자신의 처와 아이들까지 잘살게 해준 구렁이를 차마 죽이지 못해요. 구렁이 처녀가 감동해서 남자를 잘살게 해주었답니다."

"재미있네요."

강현태가 해진을 똑바로 쳐다봤다.

"만약 여기서 구렁이 처녀를 죽이는 방법을 썼다면 남자는 급살 맞아 죽어도 싸죠."

해진은 빨대로 피나콜라다를 조금 마셨다.

"뭐 남자가 먼저 그 구렁이랑 바람피우고 불륜을 저질렀잖아요."

"그래도 구렁이 요괴와 의리를 지켜 금기를 깨지는 않은 거죠. 덕분에 목숨도 부지하고 해피엔딩으로 끝난 거죠. 우리 둘 사이의 금기는 이겁니다."

강현태는 해진의 손가락을 어루만지면서 다정하게 말했다.

"싸우지 말기."

"우리가 왜 싸워요? 호호."

"알았습니다. 금기 깨지 마십시오."

"얘기 넘 재밌다. 다른 얘기도 해줘요."

"뭐가 재밌을까나. 참 이런 괴담 들어봤어요? 구한말에 서양인 선교사들이 조선 아이들 사진을 찍어주면 혼을 사진에 가둘 수 있다고 했다는 말."

강현태의 말에 해진은 웃어 보였다.

"그런 비슷한 괴담 많이 있지 않았어요?"

"후후, 더 심한 괴담 중에는 경성 거리에서 눈이 파먹힌 아이들이 많이 발견됐는데, 모두 양도깨비들이 렌즈에 아이들 눈을 갈아 넣으려고 파갔다는 괴담이 있죠."

해진은 으스스해서 몸을 떨었다. 강현태가 재미로 하는 말인데 등골에 소름이 돋았다.

"날이 좀 추운가요? 춥네요."

"괴담이 그만큼 리얼한가요? 난 오히려 더운데."

강현태는 셔츠 단추를 몇 개 풀었다. 해진은 시선을 내리면서도 슬쩍 그의 가슴을 보았는데 잘 잡힌 근육에 전갈 문신이 있었다. 꼬리를 치켜든 독오른 전갈. 해진은 끌리면서도 섬뜩했다. 그 순간 해진의 본능이 경고를 보냈다, 집으로 돌아가라는. 해진은 눈을 크게 떴다. 문신에 이질감을 느낀 걸까. 곰곰이 생각했다.

하지만 문신이 부담돼 그런 게 아니었다. 강현태의 눈빛에 번득이는 뭔가가 있었다.

"저, 화장실 좀 다녀올게요."

해진은 피나콜라다 알코올도수가 높은가 생각하면서 일어섰다. 머리가 어지러웠다. 그리고 몸을 휘청하다 그대로 강현태 쪽으로 쓰러졌다. 강현태는 그녀가 기대기 편하게 어깨를 내주었다. 그에게서 불가리 옴므 향수 냄새가 났다.

강현태가 계산을 마친 뒤 바를 나섰다. 해진은 정신이 몽롱했지만, 강현태 어깨에 기대고 팔짱을 꼈다. 이상하게 마음이 들썩이고 시야가 뿌옇게 흐려졌다.

"소중한 시간 내주셔서 감사합니다. 촬영은 워낙 바쁘게 진행되니까 대화 나눌 시간도 없었죠. 이렇게 여유 있게 뒤풀이하면 참 좋아요. 대리운전 부르시겠어요?"

해진은 조심스럽게 말을 건넸다.

"저어, 전 더 있어도 괜찮아요…. 이상하게 몸이 나른하고 그러네요…."

강현태는 해진을 응시하며 정중한 톤으로 말했다.

"혹시 뭐 오해하시는 기 있으신가요? 사진작가와 모델, 그렇고 그런 사이 정말 안 그래요."

해진의 볼이 발그레해지며 눈빛이 빛났다. 가까스로 정신을 붙들고 화를 냈다.

"네? 뭐라구요?"

"그런 오해하면 곤란하다구요. 다음번에 피팅 일 있으면 연락드릴게요."

해진이 그의 팔을 뿌리치고 화를 냈다.

"이봐요. 내가 뭘 어쨌다고 그래요? 뭐 하자는 거야!"

해진이 소리를 지르면서 들고 있던 백으로 강현태의 가슴과 팔을 툭툭 쳤다.

"왜 이러세요?"

"사과해! 이 새끼야! 사진쟁이 주제에! 사과하라고!"

해진은 온몸의 힘을 짜내 소리를 질렀지만 이내 휘청했다. 나른했다. 해진은 넘어지려다 강현태를 붙들고 늘어졌다.

"내가 왜 이러지? 좀 도와줘요."

"왜 이래 더티하게! 정말!"

강현태가 거세게 밀치자 해진이 뒤로 넘어졌다. 그녀는 안간힘을 다해 일어났다. 그리고 눈에 쌍심지를 켜고 노려봤다.

"사람 우습게 보지 마. 니 스튜디오 그깟 거 거지같애. 날 뭘로 보고! 앞으로 연락하지 마! 새꺄."

강현태가 차분하게 답했다.

"지금 우리 싸운 거 맞죠? 금기 깨신 거네요."

"뭐어? 이 미친 새끼…."

해진은 그대로 돌아서서 얼른 주차장 쪽으로 향했다. 눈에서 눈물이 흐를 듯 말 듯했다. 모텔촌이나 먹자골목이나 낯선 곳이지만 대로로 가면 길을 찾을 수 있을 것 같았다. 해진은 몽롱한 데다 힐이 불편해서 빠르게 걸을 수 없었다. 휘청거리면서 한참을 걸어 골목 끄트머리에 이르자 드디어 번화가가 저 멀리 보였다. 백화점과 마트 건물 지붕도 보였다.

해진이 골목을 벗어나는 순간 갑자기 그녀 앞으로 검은색 승합차가 들이닥쳤다. 한 남자가 문을 드르륵 열고 내리더니 그녀의 코와 입에 손수건을 대고 차 안으로 끌고 들어갔다. 해진은 진한 약품 냄새를 맡으면서 그대로 기절해버렸다. 미처 저항할 새도 없었다.

운전대를 잡은 남자가 물었다.

"기절했냐?"

차창을 비추는 가로등 불빛에 드러난 운전대의 남자는 강현태였다. 해진을 붙들고 있던 하얗고 밀간 얼굴의 뱀파이어 청년이 말했다.

"형은 꼭 이 짓거리 해야 돼? 모텔촌서 싸우는 시추에이션 연출하는 짓 말이야. 그냥 스튜디오 사진 찍으러 왔을 때 바로 해도 되는데."

"얌마, 사진 찍다 그럼 꼬리가 잡혀. 얼른 저 스튜디오 렌털도 빼야지. 그리고 좀 싸우다 잡아야 재미도 있잖아. 혹시 나중에 경찰에 잡혀도 여자가 하도 빽빽대고 개지랄 난리를 부리는 통에 몸싸움 나서 벌어진 일이라고 핑계도 대고. 히히. 가장 큰 이유는 '개네'들이 시켜서 그렇다는 거 알잖아."

"아이고, 오더 주는 것들도 취미 한번 독특하다. 그냥 조용히 납치하게 하지. 그나저나 이번에는 왜 40대를 납치해 오라는데?"

강현태는 백미러로 쓰러져 있는 해진을 보면서 말했다.

"40대 여자 눈에 담긴 뭐가 필요하다나 뭐래나."

"개네들, 장기 적출하는 애들 아니지? 더 이상한 느낌이 들어."

"알게 뭐야. 우린 돈만 받고 시키는 대로 하다가 튀면 돼."

"형, 여기 월영시 이번에 뜨자. 기분이 더러워."

"걔네들이 작업 하나만 더 해달라니까, 하나만 더 하구."

"여기는 등골이 서늘하고 이상하게 기기묘묘하다니까. 그 재개발 지구에 있는 위령비는 대체 뭐야? 정말 이상해."

"이집트 오벨리스크 닮지 않았나?"

"몰라. 여기 온 다음 날부터 월영시 여기저기 출사 다녀봤 는데 거기가 젤루 수상쩍다니까."

"그래 그런가. 꼭 거기서 만나자잖아, 걔네들이."

뱀파이어 청년이 차창을 내다보면서 말했다.

"하여간 여기 좀 그래. 게다가 그 레깅스 쳐들고 흔들면서 콧노래 부르는 거 모델들한테 왜 시키는 거야?"

강현태가 허허 웃었다.

"나도 그게 어이없어서 인터넷 찾아봤는데, 원래 그런 식 으로 고혼을 달래는 풍습이 있다나봐. 장례식장서 망자가 입 었던 옷을 들고 흔든다고 하더라고. 조선시대에는 지붕 위에 올라가서 했고. 말하자면, 셀프 고혼이지 뭐."

"참나, 게다가 그 괴담인지 설화인지는 왜 얘기해주라는 건데? 얼마나 어색해. 뜬금없이 사진작가가 구렁이 설화나 카메라 괴담이나 꺼내고. 재수없는 꼰대처럼."

강현태가 실실 웃으면서 답했다.

"그게 중요한 거는 금기를 깨면 벌을 받는다는 걸 알려주는 거야. 경고를 했는데도 깝죽대면 어떻게든 벌을 받는다는 거지. 교훈이 담겼달까. 여자가 금기를 깨고, 나는 납치하고, 그들은 그 여자들을 어떻게 하고. 그 여자들이 먼저 잘못한 거지. 금기를 깼으니."

"이거 설계하는 애들이 죄책감 때문에 그러는 거야? 왜 꼭 그런 이야기를 들려주래?"

"뭔 죄책감, 범죄자들이. 그냥 납치될 사람들은 알고 있어야 하나부지, 죽기 전에. 그거 말이 되게 연결하느라고 구글에서 열나게 카메라 역사 서치했잖냐. 뱀 얘기, 눈깔 얘기까지 자연스럽게 이어지지 않냐?"

"히히. 괴담부터 꺼내면 여자들 식겁하니까 일단 바람부터 잡아야지, 뭐. 그나저나 여자들 죽는 건 확실한가? 귀신 나올까 두렵네."

"너 자꾸 귀신귀신 하면 이런 짓거리 못해. 솔까 여자들한테 우리 같은 새끼들이 무섭지, 귀신이 더 무섭겠냐. 그리고 폰 확실히 처리해라, 어디다 되팔지 말고. 그러다 경찰에 꼬리 잡혀."

"여기 일 끝나고 얼른 뜨자. 그놈의 오피스텔은 변기 물 내릴 때마다 무슨 콧노래 같은 괴이한 소리 나는 거 같던데. 안 이상해?"

"뭔 소리야? 난 안 들려. 어쨌든 저 여자 백은 갖다 팔자. 차는 지문 싹 다 지워서 백화점 주차장에 갖다놔. 거기 우수 고객이라니까 장기주차해도 당장 뭐라 못할 거야."

강현태는 콧노래로 엘가의 '사랑의 인사'를 부르면서 속도를 높였다. 해진은 의식을 잃고 심연의 나락으로 떨어졌다. 승합차는 월영시를 가로지르며 구시가지 중심부 오벨리스크 모양의 위령비로 향했다.

**

아람은 패스트푸드점에서 햄버거를 먹다가 핸드폰으로 온 메시지를 보며 말했다.

"선배님, 부동산에서 리스트 보내줬는데 좀 특정해보자면, 음… 여기 사진작가 스튜디오 렌털이 걸리네요. 월령오피스텔이요. 최근에 스튜디오로 꾸며진 데를 임대했어요."

"가보자."

선익과 아람은 차에 타고 월령오피스텔로 이동했다. 11층에 내려 1102호에 도착했다. 벨을 눌렀지만 인기척이 없었다.

"어떻게 한다?"

"일단 관리사무소로 가죠."

1층 관리사무소로 가서 공무원증을 보여주고 사정했지만, 소장은 고개를 저었다.

"사람이 없으면 다시 오셔야죠. 마스터키 같은 걸로 따고 들어갔다가는 큰일나요."

"그야 저희도 알죠. 어떤 사람이 사는지 궁금해서 그럽니다."

"이사 올 때 보니까 젊은 남자가 혼자 온 것 같던데. 사실 이사랄 것도 없이 캐리어만 들고 왔어요. 뭐, 서류 쓰러 왔을 때 물어보니까 잠은 다른 데서 자고 작업실이라던데요."

관리사무소를 나와 다시 11층에 가서 벨을 눌렀지만 여전히 사람은 없었다.

"어떻게 하죠?"

"일단 여기서 기다려볼까."

선익과 아람은 11층 복도에서 두 시간 넘게 기다렸지만, 드나드는 사람은 없었다.

"선배, 여기 리스트에 새로 입주한 남자 오피스텔에 가봐요. 건너편인데, 독신으로 왔대요. 나이는 45세. 이런 사람들이 세 명 더 있어요."

"일단 가보자구."

선익은 관리사무소에 다시 들러 1102호 남자가 돌아오면 연락해달라는 부탁을 해두었다. 사무소장은 건성으로 고개를 끄덕이고 컴퓨터 화면으로 시선을 옮겼다.

선익과 아람은 며칠이나 번화가 위주로 탐문을 다녔지만 소득이 없었다. 그러다 정보를 입수하고 잠복근무에 들어갔다. 아람은 오벨리스크처럼 높다랗게 하늘로 올라간 위령비를 올려다보았다.

선익이 아람의 어깨를 툭 쳤다.

"그만 한눈팔고."

"대체 무슨 혼을 위한다는 건지 아무리 찾아봐도 없네요. 안내판을 떼 가서 수리하는 중인가? 어? 여기 뱀 무늬가 양각으로 돼 있네요. 코브라인가? 꽤 선명하네요."

아람은 탑 아래쪽에 있는 수백 마리의 뱀 무늬 조각을 손으로 훑었다.

"히이, 그러다 뱀 나와. 그러고보니 '오동동 구렁이 선비'인가 하는 전설 생각나네. 구렁이 선비가 허물을 벗어 아내에게 맡겨놓고 과거 보러 갔다 돌아왔는데 부부 금슬을 시샘한 처형과 처제가 허물을 태워버린 거야. 아내는 허물을 꼭꼭 감춰두란 남편의 당부를 지키지 못한 거지. 결국 남편은 다른 아내를 얻었고, 아내는 외로이 늙어 죽었대나."

아람이 코웃음을 쳤다.

"라떼는말야보다 한 단계 버전 업이 된 고리짝 구전설화를 듣는군요."

"잘 들어둬. 부부간의 금기를 깨면 벌을 받는다는 교훈이니까. 요즘 간통죄가 폐지되고, 부부들이 서로 밖에서 날뛰는데 별로 좋은 현상은 아니야."

아람이 발끈했다.

"아이고, 선배. 개인적 사생활이야 성인들이 알아서 할 문제지, 별 간섭은."

"혹시나 그런 치정문제와 이 실종사건이 관련 있나 의문을 제시해본 거야. 싱글들이래도 다른 부부간 문제에 얽힐수 있지. 이제부터 수사에 집중하자고! 그러니까, 운동하러

나왔던 주부가 바로 이 위령비 앞에서 한 여자가 승합차에서 업혀 내리는 걸 목격했다는 거지?"

"네, 그렇게 112에 신고했대요. 이곳 경찰청에서 수사 중입니다. 그런데 번호판이 가려 있어서 차 번호는 못 봤답니다. 남자 두 명 중 하나는 키가 크고 말랐고, 마스크와 검은 모자를 쓰고 있었답니다. 검은색 상하의를 착용하구요. 다른 하나는 중간키에 역시 마스크와 모자를 써서 얼굴을 잘 못 봤대요. 검은 재킷 입었고요. 바지도 어두운 색. 신발은 키 큰 남자가 운동화, 중간키 남자가 구두 신었대요."

"바이러스가 퍼져서 나쁜 놈들 범죄 저지르는 데 아주 도움을 많이 주고 있다니까. 모두 마스크를 쓰고 다니니 어떻게 얼굴을 알아봐."

선익과 아람은 차에서 내려 위령비 근처 근린시설을 한참 동안 훑었다. 한숨 돌릴 겸 그들은 매점에서 산 핫도그를 입에 물고 벤치에 앉았다. 선익은 케첩 묻은 손을 벤치 등받이에 닦으려다 눈에 띄게 밝은 색 옷가지를 발견했다.

"어? 여기 누가 운동복을 버리고 갔는데?"

선익은 일어나서 민트색의 레깅스를 살짝 들어 살폈다. 아람이 웃음을 터뜨렸다.

"용변을 실수해서 버리고 간 건가요?"

"주인이 다시 돌아와 찾아갈 수 있으니 놔둬."

선익은 옷가지를 들어서 살펴보려는 아람을 말렸다.

"강력사건 연관된 증거물이면 살펴봐야죠."

선익이 아람의 말에 풋 웃었다.

"형사 되면 처음에는 길거리 떨어진 옷가지 보고도 별별 생각 다 드는데, 알고 보면 별일 아닌 게 태반이야. 유실물들이라니까. 직접적 시신 발견 현장 근처, 성폭력 현행사건 현장 아님 무시해."

"알겠습니다. 근데 여기도 납치사건 의심 가는 곳이잖아요."

"그러니까. 납치한 놈들이 피해자 바지가 벗겨졌다고 버리고 가겠어? 더구나 업고 내렸다잖아."

"그래두요."

아람이 레깅스를 들어서 살펴보려다 흠칫 놀라며 뒤로 물러났다.

"엄마얏, 뱀이닷!"

"뭐어?"

선익이 몸을 수그리고 자세히 보니 뱀이 허물을 벗은 투명하고 하얀 껍질이 돌 사이에 있었다.

"어우 소름."

"나도 성묘 가다 뱀 허물 몇 번 봤는데, 요상하니 등골이 쭈뼛하는 것 같더만."

"뱀 전설이니 뭐니 말하니까 이러잖아요. 부정 탔나."

이때 아람의 핸드폰이 울렸다. 아람은 고개를 끄덕이며 한참을 통화하고는 핸드폰을 귀에서 떼고 선익을 쳐다봤다.

"선배, 계장님이 왜 핸드폰 안 받냐고 하네요."

"계장님이야? 잠복이라 진동으로 해놨지. 무슨 일인데?"

"고사 났어요(일 터졌다는 형사들 은어). 관내 고현중학교에서 집단성폭력 사건 일어나서 여청계도 합류했대요. 어서 복귀하라는데요."

"하는 수 없지. 일단 급한 불부터 끄자고."

"남자 중학생 십여 명이 여학생 두 명을 수개월간 성폭행했다고 합니다."

"으이구. 아무리 뭐라 해도 촉법소년 연령 낮추긴 해야 돼. 요즘 열두 살만 넘어도 성인 뺨치는 범죄를 저지르고, 죄책감도 없다니까. 어서 가자구. 이 사건은 월영지방경찰청에서 수사 중이니까 나중에 문의해보자구."

선익과 아람은 나뒹구는 민트색 레깅스를 잠깐 보다가 차로 이동했다. 그들이 떠나자 폐지 할아버지가 조용히 다가와 레깅스를 들고 갔다.

한 달 후, 산업단지 뒤쪽의 바닷가 방조제에서 낚시를 하던 50대 남자가 용변을 보러 풀숲으로 들어가다 뭔가를 발견하고 뒤로 넘어졌다.

"여, 여보세요. 거기 112죠? 제가 뭐, 뭘 여기 방조제서 발견했는데, 사, 사람 같아요. 어서 와주세요."

남자는 전화를 마치고 일어나 무릎을 구부리고 고개를 숙여 자세히 살폈다. 해골에 부패한 살점이 붙어 있고, 뼈와 근육과 내부 장기들이 뒤섞인 시신에 회색 니트조각과 노란색 면조각들이 흙과 뒤섞여 덮여 있었다. 남자는 소스라치게 놀라면서 풀숲을 빠져나가고, 10여 분 후 경광등을 켠 경찰차 여러 대가 방조제로 들어왔다. 월영지방경찰청의 과학수사과 형사들이 승합차에서 내려 감식도구를 들고 남자가 손으로 가리키는 곳으로 접근했다.

일주일 후, 월영지방경찰청의 과학수사과 장수호 형사가 지문감식결과 보고서와 부검 보고서를 보면서 말했다.

"과장님, 지문판독결과 실종자 고해진 씨 맞네요. 이분이 몰던 차가 백화점 주차장에 일주일 넘게 방치돼 있어서 뒤늦게 가족에 연락, 실종신고된 지 한 달쯤 됐구요. 가족은 남편과 아들이 있어요. 저도 이분, 실종자수배전단에서 봤습니다. 남편이 이 사건 때문에 해외서 급히 들어온 걸로 아는데, 반도체회사 임원들 사는 고급주택단지 아시죠? 그 수십억짜리 집에서 살던 사람이라 소문이 무성했던데. 납치됐다는 둥 바람나 도망갔다는 둥요."

"어서 유가족들에게 소식 알려야지. 혼자 가지 말고 김 형사랑 같이 가서 직접 알려드려. 얼마나 충격이 크겠어. 이제 사망자 특정됐으니 주변 인물 뒤져서 용의자 추려봐야지."

"부검 보고서 보니 특이한 게 있습니다."

"뭔데?"

"풀숲에서 발견돼 시신이 완전히 백골화되지 않고 시납화됐고, 얼굴 근육이나 살점도 남았는데, 눈은 완전히 없다는데요. 두 개 다요."

"철새들이 파먹었을 수 있지. 별 특이한 것도 아니야. 어서 남편부터 먼저 찾아가 만나."

"네, 알겠습니다."

그날 한밤중 포털사이트에 피팅모델을 구한다는 글이 올라왔다.

〈데일리룩 모델분 구합니다〉

저는 민현구라고 합니다. 수년간 전문 작가로 활동해서 초보모델도 괜찮습니다. 나이는 30대를 찾습니다. 촬영장소는 월영시내 공원이나 번화가 스트리트 등지에서 합니다. 레트로한 감성 옷이라 재개발 지구 촬영도 좀 있어요. 페이는 5만원을 시급으로 드립니다. 2시간 소요됩니다. 얼굴 비노출 가능해요. 신체 사이즈는 55-66 사이즈이셔야 하구, 주로 원피스나 스커트에 니트 등을 코디해 찍습니다. 연락주세요.

—카톡 아이디_4114photoXX

뱀탕에 뱀열마리

복수 가능한 학교폭력

윤자영

1

모든 학교에는 괴담이 있기 마련이다. 월영시에는 올해로 99년 된 월영고등학교가 있는데, 오래된 만큼 전해지는 괴담도 많고 내용도 괴기했다.

늦은 밤 유성민은 학교의 가장 후미진 곳에 있는 후관을 지나고 있었다. 학교 뒷산에 있는 별관으로 가는 길이다.

'늦은 밤에 별관에 가지 마시오.'

전해지는 이 학교 괴담 중 별관에 대한 것이 있다. 별관은 이제 사용하지는 않지만, 월영고등학교에서 유일하게 개교 때부터 있었던 건물이다. 일제강점기 때 세워지고 아픈 역사가 가득한 곳으로 월영시 향토유적으로 지정되어 지금까지 남아 있다. 산기슭을 올라가자 담쟁이덩굴로 뒤덮인 건물이 나타났다. 여기 별관이 있는 걸 알지 못했다면 그냥 숲의 일부로 보였을 것이다.

'늦은 밤에 별관에 가지 마시오. 학창시절 괴롭힘으로 자살한 원기들이 가득함.'

담쟁이덩굴 사이로 보이는 검은 창문은 사람의 눈동자처럼 보였다. 게다가 오래된 현관문은 지옥으로 들어가는 악마의 입처럼 보였다.

'잘 왔다. 여기가 네가 죽기 딱 어울리는 곳이다.'

끼이익.

오래된 현관이 기이한 소리를 내며 열렸다. 자살하기로 마음먹었지만, 쉽사리 다리가 떼어지지 않았다. 유성민은 용기를 내기 위해 손에 든 하얀색 밧줄을 보았다. 학교폭력으로 체육창고에 갇혔을 때 눈에 들어온 밧줄이다. 주로 체육대회에서 반별 대항 줄뺏기를 할 때 사용하는 밧줄이다. 목을 매기에 튼튼해 보였다. 밧줄을 목에 감아봤다. 거칠한 느낌이 경동맥을 압박해 순식간에 안압이 높아졌다.

죽음을 다시 생각하니 귀신 같은 건물에 들어갈 용기가 났다. 3층에 오르자 2학년 4반 교실이 보였다. 자살 장소로 2학년 4반 교실을 고른 특별한 이유는 없다. 지금 유성민이 2학년 4반이라는 단순한 이유에서다.

오래된 나무책상에 올라가 교실 선풍기가 달렸을 곳에 밧줄을 걸었다. 목을 넣을 고리를 손으로 잡고 매달려봤다. 몸무게를 지탱할 만큼 튼튼했다.

"나만 죽을 수는 없지. 너희도 학교폭력의 가해자라는 굴레를 씌어주마."

주머니의 유서를 꺼냈다. 유서라는 제목 아래 '내가 자살하는 것은 오직 세 사람, 2학년 4반의 전영상, 민경호, 정창훈 때문입니다'라는 첫 문장이 쓰여 있다.

유성민은 스마트폰을 꺼내 유서와 목을 맬 밧줄 사진을 찍었다. 그리고 세 명에게 지속적으로 괴롭힘을 당했던 단톡방에 두 사진을 올렸다.

─ 이 개새끼 뭐야?

─ 미친놈이 장난하는 거겠지.

─ 유성민 씨발아 지금 협박하냐?

지금 상황이 협박으로 보이니? 유서 위에 스마트폰을 올려 놓았다. 지금 너희들이 올리는 메시지도 너희를 압박하는 주홍글씨가 될 것이다.

책상에 올라가 밧줄을 목에 걸었다. 마음과 다르게 눈에서 눈물이 났고, 몸에서 거부하는지 손이 과도하게 떨렸다. 당연한 반응이다. 뇌의 본능을 관장하는 부분에서 마지막 두려움이 터져 나오는 것이다.

괜찮아. 책상을 밀치는 순간 밧줄이 빠르게 경동맥을 조르고, 뇌에 공급하는 산소를 차단해 금방 기절해버릴 거야.

덜커덩.

컥.

중력이 몸을 잡아당기고 밧줄이 점점 더 소여들면서 눈알이 튀어나올 것 같다. 몸부림치자 몸이 스르르 돌아 복도 창문이 보였다.

헉!

누군가 보고 있다. 그는 천천히 움직여 앞문을 통해 스르르 유성민 앞으로 다가왔다.

창백한 얼굴에 깊게 파인 눈.

아니, 눈이 없다. 인간의 모습이 아니다. 학교 괴담에 나오는 별관의 원귀다. 귀신은 손을 천천히 올려 자신의 머리를 잡고는 몸통에서 뜯어냈다.

몸통과 분리된 머리를 높이 쳐들어 밧줄에 매달린 유성민과 눈높이를 맞췄다.

"그렇게 죽으려는 용기로 널 괴롭힌 놈들에게 응징을 했어야지."

귀신이 말했다. 하지만 두렵기보다 숨이 넘어가는 고통이 더욱 컸다.

"사… 살려… 줘."

"여기서 목을 매면 아무도 찾으러 오지 않아. 나도 일주일 동안 아무도 찾지 않아서 머리와 몸통이 이렇게 분리되었어."

이 귀신도 목을 매 자살했구나. 죽어서도 저런 모습이라면 목을 매지 않았을 텐데…. 눈앞이 흐려진다. 고통을 준 세 명의 얼굴이 떠올랐다.

"죽… 여… 버려…."

덜커덩.

유성민은 바닥으로 떨어졌다. 숨을 크게 들이쉬었다. 좁아진 기도에서 쉿소리가 나며 산소가 들어왔다.

귀신도 앉아서 자신의 머리를 누워 있는 유성민의 얼굴에 가까이 갖다 댔다. 무서운 상황이지만 죽음을 겪어보니 두려움이 사라졌다.

"너, 아까 말한 거 사실이지?"

콜록콜록. 아직 잔기침이 나왔다.

"뭐?"

"그놈들을 죽여버린다면서?"

"하지만…."

반항을 안 해본 것은 아니다. 하지만 힘으로는 절대로 당할 수가 없다. 하도 당해서 그런지 그들 셋 앞에서는 뭘 하기도 전에 모든 의지가 꺾였다. 몸이 그 상황을 탈출할 수 없다는 것을 아는 학습된 무기력이다. 그리고 치명적인 약점을 잡혔기 때문에 반항은 생각지도 못했다.

"지금 세 놈이 이리로 오고 있어. 어서 준비해."

"뭐? 세 명이 이리로 온다고?"

"네 스마트폰을 봐."

스마트폰을 켰다. 톡방에 메시지가 여러 개 와 있었다.

— 야, 이 새끼야. 왜 대답이 없어?

– 1이 사라지지 않는 걸 보니 메시지를 읽지 않는데?

– 이 새끼 진짜 자살하는 거 아니야?

– 그럼 좆됐다. 유서에 우리 이름 있잖아.

– 이 톡방에서 하는 말도 다 저장되었을 *거야*.

– 어서 저 새끼를 말려야 해.

– 아니. 이미 죽었을지도…

– 그럼 어떡해?

– 사람들이 발견하기 전에 가서 유서와 스마트폰을 없애자.

– 저기가 어디라고 찾아?

– 자세히 봐봐. 밧줄 사진을 보면 배경이 학교 교실이야.

– 지금 우리 학교 교실일까?

– 아니. 자세히 봐봐. 책상이 낡았어.

– 별관이구나.

– 별관에는 귀신이 나온다는 괴담이 있잖아.

– 지금 그게 문제야?

– 빨리 학교 교문으로 모여.

이 자식들은 잘못을 반성하려는 마음은 없는 걸까? 사람이
죽는다는데도 잘못을 인정하고 용서받기보다 증거를 없애려

고 한다. 죽여버릴 수 있다면 죽여버리고 싶다.

"얘들 지금 교문 앞에 와 있어. 곧 별관에 도착할 거야."

"어떡하면 복수할 수 있지?"

"이 별관에는 무서운 학교 괴담이 있지. 넌 알고 있니?"

"늦은 밤에 별관에 가지 마시오. 학창시절 괴롭힘으로 자살한 원기들이 가득함."

"내가 그 자살한 원기 중 하나야. 그렇다면 나는 가해자를 혼내줄까, 피해자를 혼내줄까?"

이 귀신도 학교폭력 때문에 자살했으므로 답은 이미 정해져 있다.

"가해자."

"그렇지. 하지만 내가 힘을 쓸 필요도 없어. 복수는 피해자가 해야 제맛이니까."

"저놈들은 셋이야. 부끄럽지만 난 일대일로 붙어도 한 명도 이길 수 없어."

그때 별관 밖에서 소란스러운 소리가 들렸다. 놈들이 별관 입구에 도착했나보다. 창가에서 아래를 내려다보니 노란 스웨터를 입은 웬 할머니가 놈들 셋을 가로막고 있었다. 할머니는 별관 입구에 서서 셋에게 호통을 쳤다.

"이놈들, 너희는 여기 들어가면 안 돼! 큰일을 치를 수 있어!"

민경호가 짜증 섞인 목소리로 말했다.

"할머니, 이리 나오세요. 우리 여기 빨리 안 들어가면 진짜 큰일 치를 수 있단 말이에요."

"이놈들! 별관의 원혼들이 보이지 않는단 말이냐?"

"아이씨, 이 할머니 왜 이러냐. 미친 거야?"

놈들이 들어오려는 것을 할머니는 결사항전의 자세로 막았다. 목 떨어진 귀신도 유성민 옆에서 아래 상황을 지켜보았다. 하지만 표정은 좋지 않았다.

"저 할망구 중요한 순간에 나타나 방해네."

유성민이 궁금해하며 물었다.

"아는 할머니야?"

"흥, 걱정 마! 널 괴롭힌 저놈들을 보니 저 할망구의 말을 듣지 않을 것 같네."

말이 끝나자 밖에서 할머니의 신음소리가 들렸다.

"저리 꺼져, 미친 할망구야."

놈들은 할머니를 밀치고 별관으로 들어가고 있었다. 할머니는 쓰러진 채 별관 위쪽을 쳐다보았다. 아니, 유성민을 보

107
복수 가능한 학교폭력

고 있었다.

"야, 시간 없어. 놈들이 올라온다고!"

"어떡하지?"

"큭큭큭, 네게 특별한 능력을 주지. 시간을 멈출 수 있는 능력."

시간을 멈출 수 있는 능력이라니….

"말도 안 돼. 시간은 무슨…."

"믿음을 가져봐. 여기 별관에서는 그게 가능하니까."

시간을 멈출 수 있다면 분명히 저놈들을 혼내줄 수 있을 것이다. 그동안 억울하게 받아왔던 굴욕과 모욕을 갚아주는 것이다.

"단, 한 시간마다 단 일 분만 멈출 수 있으니까 명심해."

2

유성민은 평범한 고등학생이다. 평범했던 자신이 그렇게 쉽게 학교폭력의 피해자가 될 줄은 정말 몰랐다. 고등학교 입학식을 갓 마친 교실에서는 양아치들의 눈치싸움이 시작됐다. 자신들과 비슷한 부류의 냄새를 찾는 것이었다. 옛날 영화를 보면 교실에서 서열 싸움을 위해 주먹다짐을 하던데, 요즘은 아니다. 양아치인 전영상, 민경호, 정창훈은 화장실에서 담배를 피우며 금방 진해졌다.

이들은 학급에 큰 피해를 주지 않았다. 수업시간에는 잠을 잤는데, 교사들은 굳이 깨우지 않았다. 이들이 깨어 있으면 오히려 수업에 방해가 되기 때문이었다.

하지만 담배를 무진장 피워댔다. 쉬는 시간에 화장실에서 피우는 담배연기는 위층 교무실까지 올라갔다. 어느 날 교실로 학생부 선생님들이 기습적으로 들어왔다.

"수업시간이지만 잠시 양해 부탁드립니다."

학생부 선생님들은 인상이 원래 더러웠지만, 지금은 흡사 조폭의 얼굴에 가까웠다. 그중에서도 지옥에나 있을 법한 험상궂은 도깨비의 얼굴을 한 학생부장 선생님이 교탁을 주먹으로 쾅하고 내리쳤다.

"학교는 국민건강증진법에 의해 지정된 금연구역이다. 헌데 어떤 간땡이 큰 놈들이 학교 화장실에서 담배를 피워대 그 연기가 교무실까지 올라오게 했다. 중학교 때는 의무교육이라 설치고 다녔을지 모르지만, 고등학교는 아니다. 담배로도 징계를 받을 수 있어! 지금부터 소지품 검사를 시작하겠다."

그렇게 학생부장 선생님이 밑밥을 깔고 있을 때, 뒷자리에서 유성민의 점퍼 주머니로 손이 쓱 들어왔다. 주머니에 손을 넣어보니 담배가 있었다.

뒤를 돌아보니 전영상이었다. 유성민은 빠르게 속삭였다.

"이게 뭐야?"

"조용히 가지고 있어. 안 그러면 뒤지는 수가 있어."

자신의 잘못을 남에게 떠넘기려는 수작이다. 가지고 있다가 걸리면 상황이 더욱 난감해진다. 유성민은 즉시 자리에서 일어섰다.

"선생님, 전영상이 담배를 제 주머니에 넣으면서 갖고 있으라고 했습니다."

전영상도 반격을 했다.

"전 몰라요, 선생님. 유성민이 자기 담배를 갖고 저한테 뒤집어씌우려고 그러는 거예요."

교실의 수많은 눈이 전영상에서 유성민으로 모아졌다. 위기를 넘겨야 한다. 그런데 어떻게 이 위기를 넘긴담. 유성민은 중학교 때 소변검사로 니코틴검사를 한 것이 생각났다.

"그, 그래요. 선생님, 니코틴검사를 해보세요. 전 담배를 피우지 않으니까요."

전영상도 필사적이었다.

"억울해요. 전 한 달 전까지 담배를 피워 니코틴검사에 나올 수 있던 말이에요."

학생부장 선생님은 웃으며 둘에게 다가왔다. 모든 것을 알고 있다는 표정이었다. 그러곤 들고 있던 조그만 기계를 전영상에게 보이며 말했다.

"그랬구나? 중학교 때는 소변검사를 했는지 모르겠지만 여긴 고등학교야. 우리 학교에서는 전문가용 흡연검사기를 사용한단다. 이건 일산화탄소 수치를 측정하여 언제 담배를 피웠는지 시간을 대충 추정할 수 있지. 한 달 전에 피운 건 안 나오니 걱정 마."

학생부장 선생님은 흡연검사기를 손에 들고 흔들었다.

"누가 먼저 해볼까?"

전영상의 얼굴이 붉어졌다. 위기를 잘 벗어난 것 같았다.

"해보나마나 얼굴 보니 알겠구만. 그리고 너희들한테도 담배냄새가 진동을 하는구나. 너희도 검사해보자."

학생부장 선생님은 전영상의 뒷자리에 앉은 민경호와 정창훈을 가리키며 말했다.

'표적수사.'

아마 세 명이 담배를 피운다는 신고가 이미 들어가 있었을 것이다.

그렇게 셋은 교내 흡연으로 선도위원회에 회부되었고, 교내 봉사 3일 처분을 받았다.

유성민이 화장실에서 빨간 고무장갑을 끼고 화장실 청소 봉사활동을 하는 셋을 만났다. 유성민을 본 전영상이 청소솔을 바닥에 내팽개치며 달려왔다.

"너, 유성민! 이 새끼 너, 감히 선생한테 꼬질러?"

"내가 뭘 했다고?"

전영상은 분을 못 참겠는지 고무장갑을 낀 채로 유성민의 멱살을 잡았다.

"너 때문에 우리가 담배 걸려서 더러운 청소를 하고 있잖 아!"

자신들이 담배를 피우고는 남한테 책임을 떠넘기려는 전형적인 양아치들이다. 체격에서 밀리는 거야 어쩔 수 없지만, 기세에서 밀리면 이놈들의 밥이 된다. 강하게 나가야 한다. 유성민은 멱살 잡은 손을 거칠게 떼어냈다.

"냄새나는 손 저리 치워! 그리고 담배 걸린 게 왜 나 때문이야? 담배를 피운 건 너희잖아."

"이 새끼가 진짜 뒤질래?"

전영상이 주먹을 들었다. 걱정할 거 없다. 여기서 몇 대 맞고, 다시 신고하면 된다. 징계 중에 폭력을 저지른 놈들은 더 큰 징계를 받을 확률이 높다.

"쳐보시든가?"

"잠깐! 멈춰!"

전영상이 주먹을 내지르려던 찰나 민경호가 소리쳤다.

"영상아, 그만둬. 지금 건들면 너만 손해야."

전영상도 이성이 돌아왔는지 주먹을 부르르 떨면서 손을 내렸다. 민경호가 다가와 영상의 어깨를 두들겼다.

"내가 저런 놈들 다루는 법을 잘 알지. 두고 보자, 유성민."

흥, 두고 보면 어쩔 거야?

3

그 후로 지능적인 괴롭힘이 시작됐다. 신체적 폭력은 없었지만, 가방 속 간식이 없어지거나 과제로 해온 작품이 망가져 있었다. 사소한 사건인 데다 증거도 없어서 선생님께 말씀드릴 수도 없었다. 대신 스트레스가 쌓여 돌아버릴 지경이었다.

어느 날 유성민은 체육시간을 마치고 음료수를 사 먹기 위해 지갑을 꺼냈다. 지갑에 들었던 지폐 삼만 원이 갈기갈기 찢겨 있었다.

찢긴 돈을 보는 순간 분노와 함께 세 양아치의 얼굴이 떠올랐다. 언제 지갑에 손을 댔을까? 체육시간에 지갑을 사물함에 넣어두고 번호키 자물쇠로 잠갔다. 하지만 번호키는 의미상의 방어일 뿐이었다. 번호키 자물쇠 푸는 법을 유튜브에서 검색해보면 수백 개의 영상이 나오기 때문이다.

사물함 자물쇠를 열쇠로 여는 자물쇠로 바꿨다. 방어수위를 높였지만, 이번에는 사물함에 보관했던 지갑 속 가족사진의 눈이 모두 칼로 도려낸 듯 뻥 뚫려 있었다.

지갑을 든 손이 부르르 떨렸다. 하지만 지금 선생님에게 일러봤자 증거가 없기 때문에 자신만 이상한 사람이 되고 만다. 지갑은 당분간 몸에 소지하고 다니기로 했다.

그런데 열쇠 없이 자물쇠를 어떻게 연 거지?

유튜브 검색을 하니 몇 가지 방법이 나왔다. 유성민은 유튜브에 나온 대로 열쇠를 플라스틱 카드 위에 올리고 연필로 그대로 그림을 그렸다. 그리고 밑그림 모양대로 가위로 잘랐다. 열쇠 모양의 플라스틱이었다.

플라스틱 열쇠를 홈에 맞춰 넣고 힘을 주자 자물쇠가 열렸다. 열쇠는 체육시간에 책상 속에 두었으니 그걸 훔칠 수 있었을 것이다.

열쇠도 항상 가지고 다니기로 했다. 그러자 놈들도 방법을 달리했다. 체육시간을 마치고 교복으로 갈아입고 주머니에 손을 넣었을 때, 찌릿한 느낌이 손끝에서 느껴졌다. 강한 전기에 감전된 느낌이었다.

손을 재빨리 꺼내 보니, 손가락 끝에 피가 맺혀 있었다. 주머니에는 커터칼날이 들어 있었다.

유성민은 고개를 돌렸다. 세 양아치는 유성민을 보면서 낄낄대며 귓속말을 했다.

분명히 저놈들이 범인이다. 분노에 찬 유성민은 셋에게 다가갔다.

"뭐야! 도대체 나한테 왜 이러는 거야?"

성격이 급한 전영상이 발끈했다.

"이 새끼가, 가만히 있으니까 점점 기어오르네."

유성민도 분노를 터뜨리며 주머니 속 지갑을 꺼내 전영상의 얼굴에 던졌다.

퍽.

"이 양아치 새끼야, 그래서 어쩌라고."

"이 씨발놈이."

전영상이 의자를 박차고 일어섰지만, 민경호가 급히 영상을 잡았다. 이런 상황에서도 민경호는 항상 침착하게 대응했다.

"너, 도대체 왜 그러는 거야?"

"몰라서 물어? 돈과 사진 모두 너희 짓이잖아."

"뭔 소리야? 안 되겠다. 창훈아, 어서 선생님 모셔와."

가해자들이 선생님을 부르다니, 유성민은 잘됐다고 생각했다. 유성민은 교무실에 가서 자초지종을 찬찬히 설명했다.

학기 초 담배사건으로 앙심을 품은 세 놈이 사물함에 넣어둔 지갑에서 돈을 꺼내 찢어놓고, 가족사진에서 눈을 파놓았다. 그리고 자물쇠를 바꾸고 열쇠까지 갖고 다니자 이번에는 교복 주머니에 칼날을 넣어두는 바람에 손을 다쳤다.

내 이야기를 모두 들은 선생님은 이렇게 말했다.

"증거는 있어?"

"증거요? CCTV로 체육시간에 교실에 출입한 사람을 보면 되지 않을까요?"

교실에는 CCTV가 없었지만, 긴 복도를 비추는 CCTV는 있었다.

"선생님, 억울해요. 우리를 도둑으로 몰다니요. 얘는 사물함에 자물쇠를 채워놓는데, 우리가 그걸 어떻게 열어요?"

선생님의 시선이 유성민에게 향했다. 그에 대한 답을 원하는 것이다.

"사물함 열쇠는 제 열쇠를 훔쳐서 플라스틱 열쇠를 만든 거예요."

선생님이 표정이 일그러졌다. 만족스럽지 않은 대답일 것이다.

"선생님, CCTV를 보자니까요."

CCTV를 보자는 말에도 양아치들의 얼굴빛이 하나도 변하지 않았다. 체육시간에 그런 것이 아니다. 하긴 점심시간이든 쉬는 시간이든 셋이 힘을 합치면 언제라도 할 수 있었을 것이다. 민경호가 침착하게 선생님께 말했다.

"선생님, 우리는 CCTV 봐도 상관없어요. 하지만 도둑으로 누명을 쓰다니 이건 가만히 있을 수 없어요. 그리고 쟤가 지갑을 던져 창훈이가 맞았어요. 오히려 피해자는 우리라고요."

"이 말이 사실이니?"

유성민은 대꾸할 말이 없었다. 피해자에서 가해자로 둔갑시키다니, 저놈들은 철저하게 계획을 한 것이다. 민경호는 작전대로 되었다고 생각했는지 마지막 쐐기를 박았다.

"선생님, 성민이 자기 스스로 돈을 찢고 그러는 거 아니에요? 상식적으로 자물쇠가 달린 사물함 열어서 지갑을 보면 돈을 훔치지 찢지는 않잖아요."

이제 선생님의 머릿속에서도 유성민 자작극 이론이 커졌을 것이다. 유성민은 결국 지갑을 얼굴에 던진 일로 사과를 해야 했다.

야간 자율학습을 마치고 밀려오는 짜증과 분노를 삭이기 위해 공원을 걸었다. 너무 생각에 몰두해 있었을까? 뒤에서 누가 따라오는 것을 눈치채지 못했다.

"야, 거기 서!"

유성민이 돌아보았다. 비슷한 나이 또래의 껄렁해 보이는 남자들이었다. 머리는 온통 천연색으로 염색했고 피어싱도 다양했다.

"돈 좀 빌려주라."

유성민의 세포는 위기를 감지했다. 즉시 지갑에서 전 재산 팔천 원을 꺼냈다.

"이거밖에 없어요."

"이 새끼가 장난하나!"

퍽.

바로 주먹이 날아오는가 싶더니 눈에서 번쩍하고 번개가 쳤다. 유성민은 쓰러졌고, 발길질이 시작됐다. 유성민은 몸을 웅크리고 발길질을 받아냈다. 얼마나 지났을까? 대장인 듯한 남자가 소리쳤다.

"이제 그만! 이 새끼 교복을 보니 경호네 학교인 것 같은데 봐주자고."

남자들이 멀어져갔다. 민경호와 친구들. 분명히 민경호의 사주가 있었을 것이다. 경찰서로 가야 할까? 경찰은 별로 대수롭지 않게 생각할 것이고, 남자들 패거리를 잡으리란 보장도 없었다. 보기 좋게 양아치들에게 당한 것이다.

4

이대로 당하고만 있을 순 없었다. 유성민은 세 양아치들의 범행 증거를 직접 찾아내기로 했다. 체육시간에 자유시간이 주어졌다. 남학생들의 대부분은 축구, 여학생들은 배드민턴을 했다. 물론 양아치들은 스탠드에 앉아 있었다. 오늘은 셋 중 전영상이 결석해서 민경호와 정창훈만 웃고 떠들고 있었다.

축구를 하며 계속 곁눈질로 보고 있자 둘이 슬그머니 일어나 건물로 들어갔다.

"나 화장실 좀 갔다 올게."

잠시 후 유성민도 운동장을 빠져나왔다. 주머니에는 제출하지 않은 스마트폰이 있었다. 동영상으로 교실에 있는 양아치들을 찍으려는 것이었다. 하지만 교실에는 아무도 없었다.

유성민은 빈 교실로 들어갔다. 이놈들이 무슨 수작을 부릴지 생각해봤지만, 아무 생각도 떠오르지 않았다. 그때 채린이의 책상이 눈에 들어왔다. 책상 위에 잘 개둔 교복 치마와 재킷이 있었다.

채린이는 유성민이 짝사랑하는 여학생이었다. 수업시간에

도 항상 말총머리의 채린이를 보고 있느라 수업에 집중할 수 없었다. 교복 재킷의 이름표를 보자 갑자기 어떤 욕망이 솟구쳤다. 복도에 아무도 없는 것을 확인하고는 스마트폰으로 교복 치마와 재킷을 찍었다.

그리고 왜 그랬는지 모르겠지만, 얼굴을 가까이 대고 치마 냄새를 맡았다. 콧속으로 알 수 없는 냄새가 들어왔다. 향기로웠다.

유성민은 참을 수 없는 욕구에 화장실로 달려갔다. 서둘러 스마트폰의 치마 사진을 보면서 욕구를 해결했다. 그때는 몰랐다. 그것이 양아치들이 쳐놓은 거미줄일 거라곤 상상도 하지 못했다.

학생들의 SNS는 촘촘히 엮여 있다. 어떤 사건이 생기면 반나절 만에 모든 학생이 알게 된다. 학생들 사이에 떠들썩한 사건이 발생했는데, 월영고에 변태가 돌아다닌다는 이야기였다. 변태는 여학생의 체육복이나 교복의 이름표를 보고 자위를 하고 다닌다고 했다. 증거로 몇몇의 여학생 교복 이름표 사진이 떠돌아다녔다. 여학생들은 문제가 심각하다고 보고 선생님께 신고했고, 사건을 경찰에 의뢰했다.

경찰 조사결과 사진은 중국 서버로 들어와 출처를 알 수 없다고 했다고 했다. 경찰은 남학생들을 강당에 모아놓고, 이건 심각한 범죄이고 걸리면 큰 처벌을 받는다고 경고했다. 유성민은 아까웠지만, 괜히 사건에 엮일까 채린이 교복 사진을 스마트폰에서 삭제했다.

그날 밤에 민경호로부터 사진 몇 장이 카톡으로 도착했다. 유성민이 채린이 교복 사진을 찍는 모습과 냄새를 맡는 사진이었다.

정신이 아찔했다.

– 유성민, 네가 월영고 변태였냐?

– 이 사진 공개하면 넌 끝이야. 알아서 기어라.

유성민의 끝을 알리는 사건이었다. 민경호는 머리가 좋았다. 교실에서 교복 냄새 맡는 사진을 찍고는 변태로 만들어 낸 것이다. 유성민은 이 사진을 빌미로 그들의 괴롭힘을 모두 받아내야 했다. 죽으면 죽었지, 짝사랑하는 채린이가 이 사실을 알게 하고 싶지 않았기 때문이다.

처음에는 심부름과 신체적 폭행을 참아내야 했다. 다음은

금품갈취였다. 돈을 가져오라고 했을 때 용돈이 모자라 부모님 지갑을 뒤졌고, 다음은 알바를 시작했다. 알바비도 모두 세 양아치에게 줘야 했다. 삶을 살 의욕도 목적도 없었다. 양아치가 조종하는 마리오네트가 될 뿐이었다.

"야, 네 여동생 있지? 목욕하는 동영상 찍어와."

"그렇지. 그게 좋겠네. 아침에 샤워할 테니 스마트폰을 화장실에 몰래 숨겨두면 되겠네."

"네 동생 예쁘던데, 내가 사귈까?"

샤워 동영상을 찍어다주면 이놈들은 그것을 빌미로 동생을 짓밟을 것이다. 그것만은 안 된다. 여기서 끝내야 한다.

유성민은 책상에서 지난번 체육창고에서 가져온 하얀 밧줄을 꺼냈다.

5

유성민은 별관 귀신에게 물었다.

"시간을 어떻게 멈출 수 있는데?"

"흐흐흐…. 마음속으로 '멈춰'라고 외쳐봐. 학교폭력으로 자살한 귀신들은 네 편이니 열심히 복수해보라고."

세 양아치의 목소리가 들렸다. 어떻게 혼내줄 수 있을지 생각도 못했는데 벌써 교실로 들어왔다. 전영상과 정창훈이 달려들었다.

"개새끼, 아직 안 뒈졌네. 죽으려면 혼자 죽지 왜 우리까지 끌어들여."

주먹이 얼굴로 다가오고 있었다. 유성민은 눈을 감고 외쳤다.

'멈춰.'

전영상의 주먹이 눈앞에 멈춰 있었다. 멈추는 시간은 일분, 어떡하지? 일단 셋의 주머니를 뒤져 그들의 스마트폰을 꺼냈다. 교실로 나가는 순간 벌써 일분이 되었다.

교실 안에서 고함 소리가 들렸다.

"이 새끼 어디 갔어?"

"저기 있다!"

일단 도망치자. 심장에서 아드레날린을 뿜어댔다. 계단을 세 칸씩 올라갔는데도 힘들지 않았다. 일단 과학실이었던 곳으로 들어가 약품장에 숨었다. 들어올 때 선반에서 갈색병을 보았다. HCL이라고 쓰여 있었다. 염산이다. 일단 무기로 사용할 수 있을 것 같았다.

얼마나 지났을까? 밖이 소란스러웠다. 양아치들이 과학실로 들어온 것이다. 저들이 약품장을 열어버린다면 상황이 불리할 것이다. 먼저 나가서 시간을 끌어보자.

유성민은 약품장을 슬쩍 열고 나갔다. 밖으로 나가자 셋이 있었다.

"유성민 이 새끼, 죽여버리겠어."

유성민은 염산병의 뚜껑을 열고 높이 쳐들었다.

"가까이 오지 마! 이거 염산이야."

병을 한 번 휘둘러 놈들에게 염산을 뿌렸다. 세 양아치와 유성민 사이 바닥에 액체가 뿌려졌다. 잠시 후 연기가 피어오르더니 자극적인 냄새가 코를 찔렀다.

세 양아치는 위험을 감지했는지 움찔했다. 민경호가 두 손을 올리며 한 발 걸어 나왔다.

"오케이, 진정해. 우리 핸드폰을 네가 가져갔어?"

"흥, 내가 어떡했을까?"

민경호의 눈이 유성민의 얼굴에서 주머니로 내려왔다. 스마트폰 네 개가 들어 있는 양쪽 주머니가 불룩했다. 역시 민경호는 똑똑했다.

"성민아, 일단 우리 핸드폰을 줘. 그럼 우리 그냥 갈게."

"흐흐흐… 너희가 그냥 간다고?"

"일단 믿어봐."

"웃기지 마! 가만히 있어."

유성민은 주머니에서 스마트폰 하나를 꺼냈다. 먼저 채린이 교복 냄새 맡는 굴욕 사진을 지워야 했다.

"이거, 민경호 네 것이지? 어서 패턴을 말해봐."

"패턴을 어떻게 말로 하냐? 잠깐 줘봐. 금방 풀어서 다시 줄게."

여태 저놈들이 한 행동을 보면 당연히 믿을 수 없다. 패턴을 모르면 스마트폰을 없애면 된다. 유성민은 민경호의 스마트폰을 바닥에 힘껏 던졌다.

빠직.

바닥에 부딪힌 스마트폰은 분리되지 않았지만, 액정이 완전히 깨져버렸다. 유성민은 깨진 액정 위에 염산을 부었다. 스마트폰에서 거품이 부글거렸다.

민경호도 재빨랐다. 옆에 있는 과학실 의자를 들더니 말했다.

"영상아, 공격해!"

민경호는 의자를 던졌다. 유성민이 몸을 피할 새도 없이 동시에 영상이 튀어나오며 주먹을 뻗었다. 이제 시간이 되었을까?

'멈춰.'

의자는 공중에 떠 있고, 영상은 주먹을 내지르고 있었다. 유성민은 좋은 생각이 떠올랐다. 서둘러 민경호를 들어 의자가 날아오는 곳으로 옮기고, 정창훈은 영상의 주먹 앞으로 옮겼다.

준비를 마치고 문 앞으로 가자 멈춤이 풀렸다.

퍽! 으악! 와장창!

영상의 주먹에 맞은 창훈은 코피를 흘렸고, 경호는 의자에 머리를 맞아 찢겼는지 이마에서 피가 흘렀다.

"하하하, 꼴좋다. 그렇게 날 괴롭히더니 당해보니 어떠냐?"

경호가 이마를 닦은 손에 피가 묻은 걸 보고 화가 치밀었는지 소리쳤다.

"저 새끼 잡아. 진짜로 죽여버리자."

영상과 창훈이 움직였고, 성민도 뛰었다. 사바나 가젤처럼 계단을 뛰어 올라갔다. 전혀 힘들지 않았다. 마치 날아다니는 느낌이었다. 녀석들이 보이지 않자 나머지 두 명의 스마트폰을 바닥에 던지고 마찬가지로 염산을 부어 완전히 망가뜨렸다.

"오늘 자살하려고 했는데, 괜히 죽을 뻔했네. 이렇게 복수하면 될 걸 말이야."

왜 이렇게 힘이 나고 즐거운지 모르겠다.

'좋아, 이놈들을 더 혼내주자! 내가 받은 그대로 갚아주마.'

유성민은 조용히 별관을 돌아다니며 날붙이들을 찾았다. 칼날, 압정, 못, 유리 조각들을 모았다. 주머니에 넣어 똑같이 돌려주기로 했다.

마침 복도 저편에서 정창훈과 전영상이 걸어오고 있었다. 민경호는 어디 갔는지 없었지만, 우선 둘만이라도 혼내주기로 했다. 시간을 보니 대충 한 시간이 지난 것 같아서 둘에게 소리쳤다.

"양아치들아, 나 여기 있다! 너희 스마트폰도 내가 염산에 녹여버렸다!"

둘은 욕설을 하며 달려오기 시작했다.

"이 변태새끼 죽여버리겠어."

"거기 서, 개새끼야!"

'흐흐흐. 그래, 그렇게 달려와라.'

'멈춰.'

거의 가까이 왔을 때, 시간을 멈춘 뒤 둘의 주머니에 날붙이를 잔뜩 넣었다. 그리고 서로 마주보고 달리도록 한 명을 옮겼다.

"크크크, 재미있겠구만."

꽝, 우직!

둘은 달려오던 속도로 세게 부딪쳤고, 뭔가 나무장작 패는 소리도 났다. 정창훈은 기절했는지 움직이지 않고, 전영상은 팔을 잡고 고통에 울부짖었다. 소리로 보아 뼈가 부러진 것 같았다.

"하하하, 꼴좋다."

"으… 파, 팔이 부러졌어."

"그래, 네 주머니에 스마트폰 있으니 도움을 요청해봐."

전영상은 성한 손을 급하게 주머니에 넣었다.

"앗, 따거."

꺼낸 손끝에서 피가 흘렀다.

"와하하, 바보야. 그걸 믿냐?"

"으… 이제 그만해줘."

"내가 뭘 했다고? 너희가 서로에게 주먹을 날리고 부딪친 거잖아. 그리고 날붙이를 넣은 건 장난이야, 장난! 너희가 내게 했던 장난을 나도 따라했을 뿐이라고."

"그, 그래도 이, 이제 그만. 부탁이야."

평소에 유성민이 세 양아치들에게 애원했던 말이었다. 유성민은 갑자기 화가 치밀어 올랐다. 빈 교실로 들어가 빗자루를 하나 가져왔다.

"내가 그렇게 그만해달라고 부탁했을 때, 너희는 어땠지?"

유성민은 빗자루로 전영상의 허벅지를 내리쳤다.

퍽, 퍽, 퍽.

전영상의 비명이 별관에 울러 피졌다.

"미, 미안해. 용서해줘."

"그건 그렇고, 민경호 어딨어? 그 새끼가 가장 악질이잖아."

그때 유성민의 머리에 충격이 왔다. 돌아보니 민경호가 대걸레 자루를 들고 있었다. 민경호는 대걸레 자루를 한 번 더 휘둘렀다.

퍽.

옆구리에 맞았지만 큰 충격은 없었다. 민경호도 멀쩡한 유성민을 보고 놀랐는지 대걸레 자루를 떨어뜨렸다.

"그래, 민경호. 넌 항상 그랬어. 저 둘을 뒤에서 조종했지. 지금도 둘을 미끼로 숨어 있다가 치사하게 뒤에서 공격하잖아."

"어, 어떻게… 끄, 끄떡없지?"

짝!

유성민은 민경호의 따귀를 때렸다.

"넌 학교 괴담도 모르냐?"

짝!

"여긴 별관이야."

짝!

"학교폭력으로 자살한 귀신들이 가득하다고!"

짝!

"모든 귀신이 내 편이기 때문이다!"

짝!

따귀를 연달아 맞은 민경호의 얼굴이 새빨갛게 변했다.

"사, 살려줘."

"살려줘? 내가 여태 살려달라고 몇 번 말했지?"

민경호의 눈동자가 빠르게 움직였다. 시선이 뒤쪽으로 향한 걸 보니 누군가 뒤에서 공격을 하려는 모양이다.

'멈춰.'

한 시간이 지나지 않은 것 같지만 시간은 멈췄다. 뒤를 돌아보니 언제 깨어났는지 정창훈이 칼을 겨누고 있었다.

"흥, 칼로 찌른다고? 아주 죽으려고 발악을 하는구만. 이 칼은 제일 나쁜 놈인 민경호에게 주도록 하지."

유성민은 민경호를 세워 칼 앞으로 옮겼다. 심장에 칼끝이 정확하게 꽂힐 수 있도록 방향을 잘 맞췄다. 잠시 후 시간이 흐르자 별관에 엄청난 고통의 비명이 울렸다. 민경호는 가슴에서 피를 뿜으며 쓰러졌다.

정창훈은 칼을 떨어뜨리고 자신의 손에 묻은 피를 보며 뒷걸음질쳤다. 아까부터 갑자기 사람이 바뀌고, 위치가 바뀌는 바람에 정신이 혼란스러운 상태였다.

"귀, 귀신이다."

"몰랐어? 여기 원래 귀신이 가득한 곳이야!"

정창훈이 유성민에게 도망가려 뒷걸음질치다가 뒤돌아 뛰었다.

'멈춰.'

멈춰선 정창훈을 계단 앞으로 옮겼다.

우당탕탕.

계단에서 무방비로 굴러떨어진 정창훈은 다리가 이상한 방향으로 꺾인 채 움직이지 않았다.

그 모습을 본 전영상이 땅에 바짝 엎드려 울부짖었다.

"엉엉, 용서해줘. 살려줘. 미안해."

머리 잘린 귀신이 나타나 다가왔다. 옆구리에 자신의 머리를 끼고 있었다.

"칼 맞은 놈은 죽었고, 계단에서 떨어져 사지가 부러진 놈은 곧 죽을 것이고. 이놈은 팔이 부러졌으니, 이제 충분하지 않을까?"

"그래, 충분해. 난 이제 집으로 돌아갈래."

"미안하지만, 넌 집으로 갈 수 없어."

"뭔 소리야?"

"흐흐흐… 나도 처음 별관에서 복수할 때, 그랬지."

"처음이라니, 알아듣게 설명해줘."

"이제 깨달아야지. 저질체력인 네가 계단을 뛰어 올라가도 숨이 안 차고, 대걸레 자루로 머리를 맞아도 안 아팠잖아. 그리고 인간이 어떻게 시간을 멈출까?"

유성민의 뇌가 빠르게 돌아갔다. 곧장 2학년 4반 교실로 달려갔다. 발이 바닥에 닿지 않았다. 날아갔다. 교실에 도착하자 목이 밧줄에 매달린 자신의 모습이 보였다.

"별관 귀신이 된 것을 축하해."

"내, 내가 목을 맸을 때, 주, 죽은 거였어."

"넌, 이제 이 별관을 벗어날 수 없어. 그저 다음 자살하려는 학생이 오면 복수하라고 부추길 수는 있겠지만."

유승민은 목을 매달고 있는 자신을 바라보았다. 이제 그만 내려주고 싶었지만, 손은 그저 몸을 통과해 허공을 가를 뿐이었다. 절망감이 몰려왔다.

"소용없어. 귀신이 된 이상 손을 쓸 수 없어. 그래도 한 놈 살려줬으니 나처럼 목이 떨어질 걱정은 안 해도 될 거야."

서둘러 창가로 가 밖을 내다보았다. 노란색 스웨터를 입은 노파가 전영상을 부축해 가고 있었다.

밀착과외

김영민

새벽 3시가 넘어서야 회원의 집인 월영아파트 앞에 겨우 도착했다. 한숨이 절로 나왔다. 수업이 다 잘린 탓에 서울의 노른자 대치동에서 쫓겨나 월영시라는 낯선 곳으로 좌천됐다. 집에서 이곳까지는 차로 40분. 이 시간이 이렇게 아까울 수가 없다. 거기다 어두운 밤눈에 초행길이라 내비게이션이 있는데도 무려 30분이나 헤맸다. 목적지에 도착한 순간 내가 얼마나 바보 같았는지 깨닫고 소리를 질렀다. 회원의 집과 불과 100미터도 안 떨어진 곳에서 멍청하게 골목을 빙빙 돌았다. 계속 변하는 미로 속을 헤매고 있는 느낌이었다. 어쩌면 정말로 그랬는지도 모른다. 내비게이션이 있는데도 가까운 거리에서 이토록 오래 헤맨 게 말이 안 되지 않나.

주차장에는 차가 없었다. 차가 있어야 할 자리엔 찌그러진 캔과 담배꽁초가 나뒹굴고 있었다. 차에서 내렸다. 차문 닫히는 소리가 유독 크게 울리는 듯했다. 1월의 차가운 밤공기가 뺨을 스쳤다.

월영시의 첫인상에 불합격점을 주는 데에는 많은 고민이 필요하지 않았다. 우선 도시의 접근성이 별로였다. 벽 곳곳에 균열이 생긴 구터널은 언제 무너져도 이상하지 않을 듯했다. 신터널이 공사 중이라지만 그마저도 빙 돌아가는 탓에 이동시간이 한 시간을 훌쩍 넘긴다. 구터널에서 이어지는 월영시 초입에는 묘지 지대가 낯선 이를 반겨준다.

골목을 헤매다가 할아버지 한 명이 갑자기 튀어나와 차로 칠 뻔했다. 할아버지는 빈 리어카를 끌고 다녔다. 새벽 3시에 말이다. 길을 헤매던 나를 보더니 갈라지는 목소리로 "좋은 물건 있어? 바꿀 껴?"라고 물었다. 물건은 뭘 말하는 것이며, 리어카가 비었는데 뭘로 바꿔준다는 건지. 물어볼 수도 있었지만 시간이 없는 데다 왠지 기분이 나빠 곧바로 그곳을 떠났다. 생각해보면, 아무리 내가 밤눈이 어둡다지만 30분이나 헤맬 만한 곳은 아니었다. 이곳에 뭔가 수상한 기운이 있는 게 아닐까.

　그나저나 가장 의아한 건 굳이 새벽 2시 반에 수업 전 상담을 진행하겠다는 중3 과외생 박세준과 그의 어머니 송인애이다.

　회원의 집은 최고층인 13층. 아파트를 올려다보니 13층만 불이 켜져 있고 그 아래는 먹을 칠해놓은 듯 어두컴컴했다. 13층의 불빛이 아귀의 등불처럼 나를 유혹하는 것 같았다.

　엘리베이터가 끼익하다 덜컹거렸다. 형광등이 금방이라도 꺼질 듯이 깜빡거렸다. 분명 이번 회원은 과외비만 월 300만 원을 쓸 초특급 거물이라고 들었다. 그런데 이런 낡은 아파트에 살고 있다니. 무슨 사정이라도 있는 걸까? 이 엘리베이터 도중에 멈추는 건 아니겠지. 행여나 엘리베이터가 고장나면 다음부터는 계단으로 13층까지 올라가야 한다. 아주 힘든 여정이 되겠지만 놓치기 싫은 거물급 회원이라 그 정도는 감내할 수 있다.

　공포를 견디고 무사히 13층에 도착해 초인종을 눌렀다. 한참을 기다려도 묵묵부답이었다. 휴대폰을 꺼내려는데 문이 벌컥 열렸다. 송인애였다.

송인애는 색이 바래고 곳곳에 검은 얼룩이 묻은 분홍 원피스 차림에 얼굴은 흙빛이었다. 살날이 얼마 안 남은 병자를 떠올리게 했다. 어디 간이라도 안 좋은 걸까. 그녀는 인사도 없이 문을 열어둔 채 저 혼자 안으로 들어갔다. 내가 30분이나 늦은 것에 대해선 아무런 말도 없었다. 문득 따라 들어가기가 망설여졌다. 초인종을 눌렀을 때 발 끄는 소리라도 들렸을 법한데 인기척이 전혀 없다가 갑자기 문이 열렸다. 문 바로 안쪽에서 기다리고 있었던 것처럼 말이다.

거실로 향하는 중문이 열리자 시큼하면서도 썩은 냄새가 훅 끼쳐왔다. 담당 매니저의 충고가 떠올랐다.

집안은 좁았다. 중문을 열자 정면과 왼쪽에 방문이 두 개 보였다. 오른쪽으로 꺾자마자 거실이 나왔다. 부잣집에서 흔히 볼 수 있는, 집안을 가로지르는 긴 복도는 없었다. 거실은 살풍경했다. 지금까지 수많은 고액과외를 했지만 가족사진과 대문짝만 한 텔레비전, 안마의자와 소파가 없는 집은 처음이다. 마치 버려진 땅 같았다. 천장과 바닥을 포함한 사면이 모두 하얀색이었다. 이상한 냄새와 흰색 벽지를 보니 정신병에 걸릴 것만 같았다.

미어캣처럼 집안을 살피다 내 시선을 사로잡는 것이 있었다.

방문이었다.

우윳빛 색깔의 방문. 문고리가 있어야 할 자리에 회색 도어록이 있는데, 키패드가 거실 쪽을 향해 있었다.

저 방은 대체 뭘까, 상상의 나래를 펼치는데 송인애가 컵을 들고 왔다.

"민들레차 드세요. 암에도 좋아요."

컵 안을 들여다보니 찻물 색깔이 탁했다. 위쪽은 맑은데 바닥에 정체 모를 이물질이 가라앉아 있었다. 내가 아는 민들레차는 이러지 않았는데 하면서 한 모금 마셔보았다. 미친 듯이 썼다. 차는 잘못 우리면 언제나 쓰다.

"박세준 학생 어머님이시죠? 학생은 어디 있나요?"

"세준이는 외출했어요."

침을 꿀꺽 삼켰다. 새벽 3시에 중학교 3학년이 외출을 하다니 예상치 못한 대답이었다. 그리고 그걸 아무렇지 않게 여기는 어머니도 보통은 아니란 생각이 들었다.

"2시 반까지 기다리다가 볼일이 있어서 나갔어요."

그러니까 늦게 온 내 잘못이란 뜻인가.

"무슨 볼일인가요?"

"그게 말이에요."

갑자기 송인애가 상체를 내 쪽으로 기울였다. 하마터면 의자와 함께 뒤로 넘어갈 뻔했다. 원피스 앞섶이 살짝 벌어지며 삐쩍 마른 가슴이 그대로 드러났다.

"저도 몰라요."

송인애가 다시 의자에 등을 기대며 팔짱을 꼈다. 왜 이러는 거야.

"제 아빠를 만나러 간 건지."

"아, 아버님이 따로 사시나요?"

"이혼했어요."

쉽지 않은 상담이 될 거란 예감이 들었다.

"아…."

이런 유별난 회원에게는 어느 정도 장단을 맞춰줘야 한다.

"어쩌다가."

"성격 차이죠. 그 사람이 하는 일도 마음에 안 들고요. 더러운 일이에요. 사람이 맘에 안 드니 다 맘에 안 드는 건진 모르겠지만."

"남편… 전 남편분은 무슨 일을 하시나요?"

마음에 안 드는 일이라. 머릿속에 몇 가지 후보를 떠올렸다. 조폭, 사채업자, 아니면….

"화학공장에서 일해요."

얼룩이 묻은 분홍색 원피스보단 깨끗한 차림으로 일하지 않을까.

갑자기 머리가 지끈거려 관자놀이를 엄지로 꾹 눌렀다.

"작은 공장인가요?"

"엄청 커요. 여기서 차로 30분 정도 타고 가면 바다가 나오거든요. 바다에 접해 있는 산업단지가 있어요."

여기서 차로 30분 거리에 바다가 있던가.

"직급이 높아 돈은 많이 받았어요. 그 덕에 위자료도 많이 뜯어냈거든요. 근데 그 사람이 공장에서 일하기 시작한 뒤로 이상하게 집에서 독한 냄새가 나는 거예요. 차라리 시체 썩은 냄새를 맡는 게 낫지."

시체까지는 모르겠지만 독한 냄새가 나는 건 맞다. 거실에 처음 들어왔을 때부터 계속 머리가 아픈 참이었다. 한 가지 의문이 들어 질문을 꺼내려다 말았다. 갑자기 송인애가 격한 기침을 시작했다. 손으로 입을 가리고 한참을 콜록대다 휴지를 입가에 갖다 댔다. 나는 헉하고 숨을 삼켰다. 휴지가 빨갛게 물들었다. 피를 토했나.

송인애는 나를 보더니 싱긋 웃었다.

"괜찮아요. 별거 아니에요."

별거 아닐 리가. 불안감이 엄습했지만 마음을 가다듬었다.
계약에 집중해야 한다.

"어머님, 앞으로 진행할 수업 관련해서 상담을 진행해야
하는데 혹시 학생에게 지금 집에 오라고 말해줄 수 있으신가
요?"

"잠시만요."

송인애가 휴대전화를 들어 전화를 걸었다. 곧바로 상대와
몇 마디를 나누었다.

"안 된다네요."

그대로 전화를 끊으려는 몸짓을 황급히 막았다.

"잠시 저에게 바꿔주세요."

휴대전화를 넘겨받아 귀에 대니 고양이의 울음소리가 들
렸다. 한 마리의 것으로 들렸다. 무언가 고통스러워하는 듯
한 울음소리였다.

"세준이니?"

나도 모르게 목소리가 살짝 떨렸다.

침묵이 흘렀다. 나를 경계하는 걸까. 숨소리가 아주 조금 섞여 있다. 고양이 울음소리는 마치 오디오 정지 버튼을 누른 것처럼 뚝 끊겼다. 상대는 내 말을 듣고도 대답을 하지 않는 것 같았다.

"세준이니? 오늘 새벽 2시 반에 보기로 한 과외선생님이야. 늦어서 미안해."

여전히 대답이 없다.

"선생님이 너랑 잠시 얘기를 나누고 싶은데, 혹시 지금 집에 올 수 있을까?"

숨소리가 한층 격해져 흠칫했다. 잠시 부스럭거리는 소리가 들리더니 세준이 말을 꺼냈다.

"오늘은 안 돼요."

휴대전화를 쥔 손이 부들거렸다. 기껏 새벽에 불러놓고 안 된다니. 싹수가 없다. 30분이나 늦은 내 잘못도 있긴 하지만. 원칙적으로 회원이 지나치게 비협조적으로 나오는 경우에는 코치 쪽에서 수업을 거부할 수 있다. 하지만 이번 회원은 놓치기 싫다.

송인애는 내가 돌려준 휴대전화를 받자마자 통화 종료 버튼을 눌렀다.

"오늘 제가 늦어서 죄송합니다. 내일 다시 방문해 세준이랑 얘기 나눠봐도 될까요?"

"그러세요."

"세준이가 지금 어디서 뭘 하는지 아시나요?

"선생님, 실은 제가 부탁이 있어요."

"부탁이요?"

생각도 못한 대답에 당황한 나머지 너무 큰 목소리가 나왔다.

"세준이가 뭘 하는지 조사해주세요."

이번에는 황당했다.

"세준이가 지금 뭘 하고 있는지는 저도 몰라요. 그걸 알아봐주세요."

직접 물어보면 되는 문제 아닌가 하고 생각하다 깨달았다. 그게 통했다면 이런 부탁은 안 했겠지.

"그걸 제가 어떻게."

"미행해주세요."

지금까지 여러 학부모들의 별의별 부탁을 다 받아봤지만 자식을 미행해달라는 이런 어처구니없는 요구는 처음이다.

"저, 어머님. 우선 수업에 대한 것부터 정해야 합니다. 수업시간이라든지요. 너무 늦은 밤보다는 저녁에 진행하는 편이 좋겠지요?"

"선생님 회사는 잘 알아요. 다단계잖아요. 다른 상품도 팔죠? 화상품 같은 거요."

난데없는 공격에 말문이 막혔지만 맞는 말이다. 우리 회사는 과외중개와 과외수업을 둘 다 진행하며 다단계 구조다. 게다가 다른 사업도 한다. 화상 영어, 화상 중국어, 화상 일본어, 화상 독일어, 그리고 화장품, 인삼농축액이 있고, 스카이투어라는 자회사에서 판매하는 동남아·유럽·미국·아프리카 등 전 세계 여행상품도 취급한다. 그 밖에도 20여 가지가 더 있다. 본사에선 과외를 하려고 입사한 코치에게 이런 것까지 팔라고 압박을 넣고, 코치들 중에는 수업은 안 하고 여행상품만 미친듯이 팔아 월 천만 원의 급여를 찍는 사람도 있다.

"제 아들을 미행해주시면 거기 있는 거 전부 다 살게요."

"전부 다요?"

나는 깜짝 놀라 소리를 질렀다가, 이내 머쓱해져서 헛기침을 하며 아무렇지 않은 척했다. 그러나 속으론 기뻐서 탈춤을 추었다. 정말로 저 상품을 모두 구매한다면 엄청난 성과

급에 월 천만 원의 급여는 우습게 뛰어넘는다. 게다가 판매
실적이 부진해 대치동에서 쫓겨난 굴욕을 갚으며 화려하게
복귀할 수 있다.

나는 곧바로 노트북을 꺼내 카탈로그를 실행하고는, 시쳇
말로 입을 털기 시작했다.

다음날 밤 12시 반, 차에 올라타 박세준 회원의 집으로 출
발했다.

핸들을 쥔 손이 떨리고 엉덩이가 들썩거렸다. 어제 상담했
던 식탁 바로 그 자리에서 화상 영어, 화상 중국어, 화상 일
본어, 화상 독일어, 화장품, 인삼농축액, 그리고 동남아·유
럽·미국·아프리카 등 전 세계 여행상품 모두를 일사천리에
판매했다. 오늘 오전 카드결제가 완료됐다. 미쳤다! 곧바로
지부에서 인기스타가 되었다. 급여는 월 천만 원을 우습게
넘길 예정이고, 지부에서 매출 1위를 달성하며 추가 보너스
까지 받게 됐다.

다만 마음속에 작은 불안감은 여전히 꿈틀거렸다.

오늘 낮 회사 사무실에 출근했을 때였다. 담당 매니저가

조용히 나를 불렀다. 우리는 클리닉룸으로 들어갔다. 매니저가 문을 잠갔다.

"홍식 코치. 첫 상담 전에 내가 한 말 기억하지?"

실은 그 말을 듣고서야 뒤늦게 떠올랐지만 곧바로 고개를 끄덕였다.

"그 집에는 뭔가 불길한 기운이 흐른다고. 아니, 그냥 월영시라는 그곳 전체가 말이야."

"이상한 냄새가 나긴 했습니다."

"그런 걸 말하는 게 아니야. 그 사람들, 뭔가 수상하다고. 부모도 학생도. 내가 말했잖아, 그 사람들의 말이나 요구를 함부로 들어주지 말라고."

"그래도 엄청나게 실적을 올렸잖습니까."

"아, 그거야 물론."

매니저가 머리를 긁적였다. 테이블에 올려둔 검은색 옷에 비듬이 떨어졌다.

"그거야 물론 좋긴 한데. 내가 홍식 코치가 걱정돼서 하는 말이지."

"절대 수업이 캔슬되지 않도록 하겠습니다."

매니저가 한숨을 쉬더니 팔꿈치를 테이블에 올리고 주먹

을 쥐어 턱을 괴었다.

"이거는 원래 말하면 안 되는데. 홍식 코치, 이런 생각 해본 적 없어? 한 달에 과외비만 300만 원에다 회사의 모든 상품을 구매하려는 회원이 왜 하필 우리 지부에 온 지 이틀도 안 된 홍식 코치에게 배치가 됐을까?"

딱히 생각해보진 않았다. 그냥 운이 좋다고만 생각했다.

"지금까지 그 회원을 거쳐 간 코치만 세 명이야. 그런데 그세 명 모두 끝이 안 좋았어."

"한 달도 못 넘기고 캔슬이 됐나요?"

"그렇긴 한데, 내가 할 말은 그게 아니야. 그 세 명, 실종됐어."

침을 꼴깍 삼켰다.

"왜죠?"

"그걸 모르니까 내가 그 사람들이 수상하다고 말하는 거잖아. 코치한테 무슨 짓을 하는 게 분명해. 혹시 홍식 씨한테는 뭐 없었어?"

어머님이 건넨 민들레차에는 아무 이상이 없었다. 쓴맛이 나긴 했지만. 아들의 미행을 부탁했다고 전하려다 입을 꾹 닫았다. 이걸 말했다간 수업이 날아갈 것 같았다. 이왕이면 회원과 오래도록 수업을 해서 연봉 1억을 찍고 싶었다.

"없었습니다. 그 세 명은 아직 못 찾았나요?"

"경찰이 월영시를 샅샅이 뒤졌지만 못 찾았어. 혹시나 해서 산업단지가 붙어 있는 바다에 잠수까지 했는데 시신을 못 찾았다고."

시신….

"그 회원이 우리 회사 코치한테 무슨 짓을 했다는 증거가 있나요?"

"월영시에도 학원은 있어. 명신재단이라고, 월영시를 꽉 잡고 있는 교육재단이라던데. 보통 회원이 코치를 계속 바꿨는데도 마음에 들지 않으면 우리 회사 말고 학원을 알아보기 마련이잖아. 통계적으로 살펴봐도 그랬다고."

"경찰은 그 회원을 조사했겠죠?"

"물론. 집안을 샅샅이 뒤지고 아주 면밀히 조사했는데 물증도 심증도 못 찾았어."

"도어록이 달린 문도 조사했나요?"

"도어록? 현관문 말이야? 글쎄, 조사했을지도."

도어록이 달린 방문을 경찰이 못 봤나? 그럴 리가 없다. 어쩌면 조사가 끝난 후에 도어록을 달았는지도 모른다.

"간부회의가 있어서 이만 가봐야겠네."

매니저가 클리닉룸을 나서려다 나를 돌아봤다.

"조심해. 그 집 아무래도 수상해."

생각에 잠겨 운전을 하다보니 어느새 아파트 앞이었다. 시각은 새벽 1시 50분. 여전히 텅 비어 있는 주차장에 차를 세웠다. 수업이 목적이 아니라면 도대체 뭘까. 엘리베이터를 타고 올라가며 머리를 굴렸지만 마땅히 떠오르는 게 없었다.

초인종을 누르자 어제처럼 아무런 인기척 없이 문이 열렸다. 송인애였다. 얼굴은 여전히 흙빛에, 오늘은 검은 얼룩이 묻은 노란색 원피스를 입었다. 저 얼룩은 대체 뭘까. 오늘도 문 바로 뒤에서 숨죽이고 나를 기다렸던 걸까.

중문이 열리자 이번에도 기분 나쁜 냄새가 코를 찔렀다. 희미하지만 독한 소독약 냄새가 섞인 것도 같았다. 집안 풍경은 어제와 똑같았다.

"수업은 어디서 진행할까요?"

"식탁에서 하세요."

식탁 의자에 앉자마자 송인애가 컵을 가져왔다.

"드세요. 민들레차예요. 암에도 좋아요."

어제와 같은 대사와 같은 행동이 마치 프로그래밍된 기계를 보는 듯했다.

곧바로 가방에서 생수병을 꺼냈다. 민들레차에 수상한 불순물이 들어 있을지도 모른다는 생각에 미리 챙겼다. 무엇보다도 이 집 민들레차는 맛이 미친듯이 쓰다. 독을 넣었나 싶을 정도로.

"괜찮습니다. 앞으로 물은 제가 준비하겠습니다. 학생은 어디 있나요?"

송인애가 손목시계를 흘겨봤다.

"새벽 2시에 집에 돌아오겠다고 했는데."

휴대전화를 보니 지금 시각은 1시 59분. '거짓말이겠군' 하고 생각하는데 중문이 갑자기 벌컥 열렸다.

"히익!"

추한 몸짓과 함께 비명을 질렀다. 뒤를 돌아보니 검은색 롱패딩 차림의 남자가 한 명 서 있었다. 마치 풀밭에서 구르고 온 듯 패딩에는 흙과 나뭇잎 같은 것들이 잔뜩 묻어 있다. 패딩을 벗자 큰 키에 비쩍 마른 몸이 드러났다.

분명 나는 현관문 도어록이 열리는 소리를 못 들었는데 언제 들어온 걸까.

박세준은 집에 들어오자마자 손도 안 씻고 곧바로 내 맞은편 식탁 의자에 앉았다. 그러고는 나를 뚫어져라 쳐다봤다. 딱히 눈빛에 악의는 없었다. 하지만 우호적인 태도가 아님은 분명했다. 엄마와 달리 살빛은 밝았는데 다크서클이 아주 짙었다. 화선지에 실수로 먹물을 쏟은 것처럼 눈 밑으로 다크서클이 흘러내렸다.

떨리는 목소리로 인사를 건넸다.

"윤홍식 선생님이야. 이야기는 들었지?"

세준은 말없이 엎드리듯 상체를 숙이며 인사를 했다. '그래도 예의는 있네'라고 생각하는데, 무언가 눈에 들어왔다.

빨간 자국.

아까는 몰랐는데 세준의 목 부분에 빨간 얼룩이 있다. 얼룩은 제각각 크기가 다른 세찬 빗방울 모양이었다. 무언가를 쏟은 게 아니라 튀어서 옷에 묻은 듯했다. 저런 모양의 빨간 얼룩은 어디선가 본 적이 있다. 어느 범죄 영화에서 살인마가 살아 있는 사람의 허벅다리를 전기톱으로 자를 때 피가 튀어 살인마의 옷에 묻은 모양과 비슷했다.

설마.

"친구들이랑 놀다 왔어?"

"아니요."

세준의 목소리는 마치 법정에 출두한 증인의 그것처럼 무뚝뚝했다. 상담기록지를 가방에서 꺼내려는데 송인애가 빨간색 패딩을 챙겨 입는 모습이 보였다.

"저는 그럼 나가볼게요. 세준이 잘 부탁합니다."

아니, 이 집 식구들은 다들 밤에 어딜 나가는 거야.

"어머님, 어머님이 자리에 계셔야 앞으로 수업 진행 횟수나 수업시간 등 구체적인 사항을…."

"어차피 저는 세준이가 하고 싶은 대로 진행할 거니까요. 가상계좌와 수업료를 알려주시면 곧바로 입금해드릴게요."

'이 밤에 도대체 어딜 나가세요?'라고 물을까 말까 고민하는 사이 송인애는 사라졌다.

당황스러운 마음을 추스르고 형식적인 상담을 시작했다.

"너는 이제 중3이 되는 거지?"

아무런 대답이 없다. 내가 그냥 던져본 질문이란 걸 알고 있는 모양이다. 그래도 대답을 해줄 법은 한데.

"예전에 학원에 다녔거나 과외를 한 적이 있어?"

"아니요."

무뚝뚝한 대답이 돌아왔다.

"혹시 2학년 때 과학 성적을 알고 있니?"

"아니요."

예상 가능하며 많이 접한 반응이라 당황하지 않았다.

"너는 중3 과학 수업을 원하는 거지?"

"아니요."

이건 예상하지 못했다.

"너 이제 중3 올라가는 거 아니야?"

접수받은 수업신청서에는 회원이 이제 중3으로 올라가며 과학 수업을 원한다고 적혀 있었다.

역시나 대답이 없었다.

"그럼 어떤 과목을 배우고 싶어?"

"동물생리학이요."

잠시 뇌가 정지했다가 풋 하고 헛웃음이 나왔다. 이제 중3 올라가는 학생이 동물생리학을 알고 있는 것도 신기한데, 심지어 그걸 배우겠다고?

"동물생리학이 뭔지는 아니?"

세준이 갑자기 눈을 치켜뜨며 노려보는 바람에 나는 움찔했다.

"알아요."

농담이 아닌 모양이다. 이럴 때는 조심스럽게 접근해야 한다.

"음… 우선 동물생리학은 굉장히 어려운 학문이야. 고등학교 생물은 물론이고 대학교 1학년 때 배우는 일반생물학을 공부해야 그나마…."

"일반생물학은 어느 정도 훑어봤어요. 캠벨 걸로요."

아무래도 이 아이, 정말 진심인 게 틀림없다. 일반생물학 전공도서 저자 이름까지 알고 있다. 시험 삼아 일반생물학의 주요 기본 개념을 물어본 나는 경악했다. 상당 부분을 이해하고 있었다.

"동물생리학을 왜 배우고 싶은 거야?"

"동물의 장기나 혈관의 배치를 알고 싶어서요."

나는 침을 꼴깍 삼켰다.

"그건 왜 알고 싶은 건데?"

나도 모르게 말투가 험악해졌음을 느끼고 당황했으나, 다행히 세준은 별 개의치 않는 듯했다. 내가 자신을 진심으로 대한다는 느낌을 받았기 때문일까. 하지만 돌아온 대답은 허무했다.

"그냥 궁금해서요."

"동물의 장기나 혈관의 배치를 알고 싶다면 동물생리학이란 학문은 적당하지 않아. 동물생리학은 그런 걸 배우는 게 아니라 장기를 이루는 근원적인 세포적 관점에서의 탐구를 배우거든."

"그럼 뭘 배워야 하는데요?"

"음… 수의학 쪽이겠지. 동물해부학이라는 과목이 있어."

"그럼 그걸 가르쳐주세요."

"그건….."

'그건 나도 안 배웠어'라고 말하려다 참았다. 그랬다간 수업이 캔슬되어 내 급여가 날아갈 수도 있기 때문이다. 어쩔 수 없이 독학해야 한다. 마침 친구 중에 수능을 네 번 쳐서 겨우 수의대에 들어간 놈이 있다. 그 녀석에게 부탁하면 어떻게든 될 것이다. 모든 내용을 알 필요는 없다. 적당히 이 학생의 니즈를 채워줄 정도면 된다.

수업시간을 정했다. 계속 새벽 2시를 원하기에 그냥 그 요구를 들어주었다. 월 수업료 300만 원의 계약이 성공적으로 성사되었다.

상담기록을 끝내자 대화에 공백이 생겼다.

"동물에 관심이 많아? 수의사가 꿈이야?"

내 물음에 세준은 볼일이 끝났다는 듯 입을 꾹 닫았다. 그냥 인사를 건넨 후 아파트 밖으로 나왔다. 추운 날씨지만 신선한 공기를 마시니 그제야 불투명했던 머릿속이 맑아지는 느낌이었다. 저 가족은 집안에서 풍기는 이상한 냄새를 못 맡는 건가.

차에 올라타 시동을 거는 순간 휴대전화가 울렸다. 상대는 송인애였다.

"아직 가지 말고 주차장에서 기다려요."

헉. 주변을 돌아보았다. 송인애는 보이지 않았다. 13층을 올려다봤지만 베란다에서 나를 내려다보고 있는 것도 아니었다.

"어머님, 수업시간은 정했습니다. 가상계좌는 문자로 알려드리겠습니다. 수업료는…."

"이제 아이가 나올 거예요. 뒤를 밟아주세요."

송인애의 부탁이 떠올랐다. 상품을 전부 팔아버렸으니 이젠 아들을 미행해달라는 말을 들어줄 수밖에 없게 됐다.

"아드님이 최근에 수상한 낌새를 보였나요?"

"몰라요."

하긴 이 늦은 새벽시간에 중3 학생이 외출한다는 것 자체가 수상하긴 하다. 그러나 왠지 송인애의 부탁이 그것 때문만은 아닌 것 같았다. 처음 방문한 날 그녀는 아들이 외출했다는 사실을 아무렇지 않게 말했다. 통화할 때 '지금 당장 들어와'라는 말도 없었다. 외출 자체가 마음에 걸리는 건 아니다. 그럼 아들이 뭘 하든 상관없다는 뜻이 아닌가. 그런데도 미행을 부탁한다는 것은….

"아들이 나와요!"

그 소리에 아파트 현관을 보자 과연 검은색 롱패딩을 입은 사람이 계단을 내려오고 있었다. 검은 마스크에 후드까지 뒤집어써서 누군지 분간이 안 갔지만 어머니는 아들을 알아봤다.

"어머님, 굳이 이렇게까지 해야 할 필요가."

"잠깐만 기다려요. 내리지 마세요."

아파트를 빠져나가던 세준이 발길을 멈추었다. 그러고는 내 차를 뚫어져라 바라보았다. 밖에서는 차 안이 보이지 않지만 괜히 긴장됐다. 맨날 텅텅 비어 있던 주차장에 차가 있으니 눈길이 갈 법도 하다. 이제 중3이 되는데 동물생리학을 알 정도의 아이라면 저 차가 내 것이라는 사실을 간파했을 수도 있다.

세준은 3초 정도 차를 응시하더니 주차장을 빠져나갔다. 손에 검은 비닐봉지를 들고 있었다. 안에 묵직한 걸 넣은 듯 봉지가 불룩하게 튀어나왔다. 희미하게 독한 냄새가 났다.

"이제 차에서 조용히 내리세요."

송인애의 목소리가 들렸다.

귀찮고 피곤하다. 하지만 어쩔 수 없다. 행여나 부탁을 안 들어준 탓에 구입한 모든 상품을 환불했다간 내가 전부 책임져야 한다. 급여가 마이너스 300만 원이 될 수도 있다.

"어머님, 어디 계세요?"

"빨리 내리라고!"

송인애의 목소리가 거칠어졌다. 갑자기 소름이 확 돋았지만, 순순히 운전석에서 내렸다.

"쫓아가세요."

아니, 내가 지금 뭘 하는 거람. 굳이 명령을 들을 필요는 없는데. 아니, 들어야 하는데. 정신을 차려보니 나도 모르게 상체를 낮춘 채 전방을 주시하고 있었다.

"어디서 저를 지켜보는 겁니까?"

나도 모르게 말투가 험악해졌다.

"오른쪽 골목길로 꺾어요."

송인애의 목소리는 여전히 차가웠다. 이거야 원, 커다란 족쇄에 발이 묶인 꼴 아닌가.

조심스럽게 발걸음을 옮기며 전봇대 뒤에 섰다. 이상하게 숨이 거칠어졌다. 호흡을 가다듬은 후 오른쪽 골목길로 들어서자 저 멀리 검은색 롱패딩이 보였다.

그 순간 롱패딩이 전속력으로 뛰기 시작했다.

"따라잡아요!"

그 말을 들었을 땐 롱패딩이 이미 밤의 어둠으로 완벽히 녹아든 후였다.

갑자기 화가 났다.

"제가 왜 미행을 해야 합니까? 그렇게 걱정되면 직접 뒤를 쫓으면 되잖아요. 무엇보다 어머님은 지금 어디서 저를 훔쳐보는 거죠?"

송인애의 기분이 상하든 말든 속사포처럼 말을 쏟아냈지만 그녀의 태도는 차분했다.

"내일도 부탁드려요."

전화가 끊겼다.

주변을 둘러보았다. 이쪽도 저쪽도 모두 어두컴컴하다. 다

똑같이 생긴 원룸 건물뿐이다. 송인애가 어디에 숨어 나를 지켜보고 있는지 알 수가 없다. 사방팔방으로 뛰면서 주변을 뒤져봤지만 아무도 없었다.

급여를 생각하자 갑자기 솟구쳤던 화가 맥없이 풀렸다. 송인애의 부하가 된 것 같아 기분은 나쁘지만 힘든 일은 아니란 생각이 들었다. 적당히 뒤를 쫓는 척하다가 놓쳤다고 에둘러도 왠지 아무런 화도 내지 않을 것 같았다.

주차장으로 돌아가려다 깨달았다. 길을 잃었다. 이 주변엔 불빛도 없는 탓에 이게 길인가 싶어 가다보면 벽에 가로막히길 반복했다. 한참을 미로 속 생쥐처럼 돌아다니다 전봇대에 달린 가로등을 발견했다.

빛이 있는 곳으로 가다 멈칫했다. 어디선가 고양이 울음소리가 들렸다. 고양이는 쉽게 찾았다. 가로등 불빛 바로 아래에 있는 하수구 격자뚜껑 옆에서 웅크린 채 나를 노려보고 있었다.

호기심이 동했다. 원래 길고양이는 경계심이 많아 이만큼 가까이 다가가면 도망가는 게 보통인데 이 아이는 얌전하다. 보아하니 경계의 눈빛은 아닌 것 같다. 몸을 뒤덮은 검은 털 사이로 군데군데 흰색 반점이 보였다. 예전에 서울에서 키우던 길고양이 꽁치를 꼭 닮았다. 꽁치도 이 아이처럼 경계심이 없었다. 흔히 고양이가 주인을 간택한다지만, 꽁치는 내가 선택해서 키운 녀석이었다. 꽁치는 애교가 넘치는 '개냥이'였다. 무지개다리를 건넌 지 얼마 안 됐는데, 당시 나는 아주 우울한 나날을 보냈다.

이 아이를 키울까….

조심스레 고양이의 턱 아래에 손을 넣자 신기하게도 아무런 거부반응을 보이지 않았다. 고양이가 쪼그려 앉은 내 품으로 걸어왔다.

그때 땅에서 무언가 반짝이는 게 보였다. 살펴보니 귀걸이 한 짝이었다. 새끼손톱만 한 파란색 가짜 보석이 박혀 있는 은색 귀걸이다. 혹시 나머지 한 짝도 주변에 있나 싶어 살펴보다 하수구 구멍에서 희미하게 빛나는 무언가를 발견했다. 휴대전화로 불빛을 비춰보니 그건 귀걸이의 나머지 한 짝이었다.

그 순간 헉하고 숨을 삼키며 뒤로 물러서다 엉덩방아를 찧었다.

잘못 본 게 아닌가 싶어 다시 확인했다.

하수구 격자뚜껑은 곳곳에 녹이 슬었고, 구멍도 몇 군데 있는 상태였다. 그 아랫바닥에 머리카락 뭉치가 있었다. 검은색의 짧은 머리카락… 이 아니었다. 갈색빛이 도는 기다란 머리카락도 섞여 있었다. 화장실 바닥 배수구에서 흔히 볼 수 있는 머리카락이었다. 자세히 보니 머리카락 뭉치 일부분이 녹아내린 것처럼 움푹 들어가 있었다.

갑자기 손에 쥔 귀걸이 한 짝이 불길하게 느껴져 던져버렸다. 귀걸이는 통통 튀다가 하수구 안으로 빠져버렸다. 고양이가 울음소리를 냈다.

귀여운 것.

데려다 키우고 싶지만 지금은 고양이를 키울 여력이 안 된다. 내일도 만나면 츄르를 하나 챙겨줘야겠다. 아쉬운 마음을 뒤로하고 발길을 돌렸다.

다음날 새벽 1시 40분, 박세준의 아파트 주차장에 도착했다. 그러나 마음에 무겁게 얹혀 있는 불안감 때문에 쉽사리 차에서 내릴 수 없었다.

오늘 낮 회사 사무실에 출근했을 때였다. 매니저가 나에게 어제 별일 없었냐고 물었다. 별일 없었다고 답했다. 실은 여

럿 있었지만.

"홍식 씨, 얼굴 나온 사진 있으면 아무거나 하나 나한테 보내봐."

매니저가 뜬금없는 말을 꺼냈다.

"사진은 왜요?"

"만약에 홍식 씨도 실종되면 사진으로 목격자를 찾아야 하니까."

"무서운 소리 하지 마세요."

"농담 아니야. 실종된 코치 세 명 중 그 회원과 마지막으로 수업했던, 그러니까 가장 최근에 실종된 여자 코치를 찾고 있는데, 얼굴 사진이 다 옛날 거고 옆모습을 찍은 사진밖에 없어서…. 홍식 씨도 모르니 이 사진 가지고 월영시에서 수업하면서 목격자가 있는지 찾아봐."

'그걸 내가 왜'라고 생각하며 매니저가 들이민 사진을 보다 흠칫했다. 사진 속 여자는 귀걸이를 하고 있었는데, 어제 하수구 구멍에서 본 그것과 아주 흡사했다.

게다가 사진 속 여자도 갈색의 긴 생머리였다.

매니저가 내 반응을 심상치 않게 여겼는지 나를 뚫어져라 쳐다봤다.

"왜 그래? 어디서 본 적 있어?"

"아, 아뇨."

나도 모르게 거짓말을 했다. 저 여자를 직접 본 게 아니니 완전한 거짓말은 아니지만 뭔가 숨겨야 할 것 같았다. 어젯 밤에 나는 땅에 떨어진 귀걸이 한 짝을 손으로 만졌다. 당연 히 내 지문이 묻었을 것이다. 그리고 귀걸이를 집어 하수구 에 던졌다는 사실까지 알아낼 것이다. 경찰이 나를 조사하면 적잖이 귀찮아질지도 모른다. 수업에 지장을 받아 급여가 깎 이면 안 된다. 어쩌면 그냥 비슷한 귀걸이일 수도 있다.

아니, 아무리 그래도 역시 말은 해야겠다. 보통 일이 아니 니까. 대신 내 눈으로 직접 한 번만 더 확인해보자. 그땐 그 렇게 생각했다.

주차장에 도착하기 전 문제의 하수구 구멍을 들여다본 결 과 슬프게도 그 귀걸이는 바로 사진 속의 그것이었다. 아마 저 머리카락도 그 여자의 것이리라. 물론 같은 귀걸이를 산 누군가가 우연히 떨어트린 것일 수도 있겠지만.

꽁치를 닮은 고양이는 그 자리에 없었다. 볼 수 있을까 해 서 츄르를 들고 20분이나 기다렸지만 고양이는 오지 않았다.

하여튼 귀걸이를 발견했다고 신고는 해야겠지.

차에서 내리려다 앞을 보고 멈칫했다.

검은색 롱패딩이 주차장을 가로지르며 내 앞을 지나가고 있었다. 세준이 분명했다. 그의 품에 뭔가 들려 있었다. 고양이였다. 그는 고양이를 품에 안고 아파트 입구로 들어가려는 참이었다. 그때 뭔가 눈에 띄어 얼굴을 유리창에 바짝 갖다 댔다. 고양이는 검은색 털에 흰색 무늬를 가지고 있었다. 꽁치를 닮은 고양이가 분명했다. 어두운 탓에 선명하게 보이진 않지만, 고양이는 피를 흘리고 있었다. 온몸이 피 칠갑이었다.

그가 아파트 안으로 사라진 뒤 조용히 내려 뒤를 따랐다. 피를 흘리는 고양이를 집에 데리고 가서 뭘 어쩌려는 걸까.

세준의 집으로 들어서자 역시 기분 나쁜 냄새가 훅 넘쳐왔다. 왠지 전날보다 더 심해진 느낌이었다. 세준은 아무 일도 없다는 듯 식탁 의자에 정자세로 앉아 있었다.

"꽁치는 어디 있어?"

"꽁치요?"

세준이 의아하다는 눈빛으로 나를 쳐다봤다.

"아니, 그게…."

'고양이는 어디 있냐'고 물으려다 말았다. 이 아이, 무언가

숨기고 있다. 피 흘리는 고양이를 데려왔는데 집안은 이전과 별반 다른 게 없었다. 고양이는 어디 있지?

고개를 돌려 살피는 도중 도어록이 달린 문이 눈에 들어왔다.

혹시 저기에?

그때 섬뜩한 느낌이 들어 시선을 돌리니 세준이 나를 죽일 듯한 눈빛으로 노려보고 있었다.

"혹시 저 방은."

"신경 끄세요."

세준의 냉담한 반응에 나는 거의 확신했다. 피를 철철 흘리는, 꽁치를 닮은 고양이는 저 방안에 있다. 도어록은 저 방에 세준 자신 말고 아무도 들어가지 못하게 하려는 의도로 단 것이었다. 방안에서 무언가 수상한 일이 벌어지고 있는 게 분명했다. 그리고 어제보다 더 강하게 풍겨오는 기분 나쁜 냄새. 이제야 이게 무슨 냄새인지 감이 왔다. 알코올 소독제에 에틸에테르 냄새도 섞여 있었다. 그 냄새는 도어록이 달린 문틈에서 새어나오고 있었다. 방안에는 피를 흘리는 고양이가 있었을 것이고, 비릿한 피냄새가 나는 것 같기도 했다. 고양이의 똥오줌 냄새도. 생각해보니 처음 세준과 통화를 할 때도 고양이 울음소리가 들렸다. 그때 세준의 옷에는 피가 묻어 있었다. 안 좋은 시나리오가 그려졌다.

송인애의 말로는 세준은 이혼한 아버지와 여전히 친하게 지낸다고 했다. 세준의 아버지는 화학공장에서 일했다. 아버지에게 부탁하면 에틸에테르쯤은 생수 사듯 쉽게 얻을 수 있을지도 몰랐다. 에틸에테르는 인터넷에서도 구매 가능하긴 하지만 어쩌면 훨씬 독하고 위험한 약품을 쓸지도. 염산이라든지 질산, 황산, 수산화나트륨 이런 것들. 하수구 뚜껑이나 동물의 살점 또는 머리카락을 녹일 수 있는 독한 물질 말이다.

그리고 대상으로 삼을 수 있는 동물은 널려 있었다. 고양이뿐만 아니라… 어쩌면 사람도.

"너는 왜 동물의 장기나 혈관의 배치를 알고 싶어하는 거지?"

"궁금하니까요."

세준은 내 질문을 기다리고 있었다는 듯 곧바로 대답했다. 대답하기 싫다는 의도가 다분했다.

더 캐묻고 싶었지만 자칫하다 수업이 취소되고 회사의 기타 상품까지 환불을 신청하면 내 손해가 너무 막심했다. 하지만 세준이는 범죄를 저지르고 있었다. 꽁치를 닮은 고양이가 자꾸 눈에 밟혔다. 경찰에 신고하면 확실히 증거를 잡을 수 있겠지만, 그러면 내 급여는 날아가는 것이었다.

"동물의 장기나 혈관을 두 눈으로 직접 본 적이 있어?"

"네."

"어디서? 왜?"

"학교에서 동물해부 실험할 때요."

"그때만? 다른 때는 안 했어? 예를 들면… 집에서라든가."

"안 해요."

"학교에서는 무슨 동물을 해부했는데?"

"쥐요."

학교 과학실험에서 포유류는 해부 금지 대상이 아닌가.

"고양이도 해부한 적 있어?"

"아뇨."

"정말로?"

"없어요."

"그럼 해부할 생각은?"

"몰라요."

"너 혹시 사람의 장기나 혈관은 본 적이 있어?"

"없어요."

"그럼 볼 생각은?"

세준이 입을 다물고 이글거리는 눈빛으로 나를 노려봤다.

더 캐묻지 않는 편이 좋겠다. 일단 성급하게 경찰에 신고하지는 말자. 우선 이 아이가 나쁜 짓을 벌이고 있다는 증거를 잡자. 그리고 그런 짓은 하면 안 된다고 설득하자. 만약내 말을 안 듣는 경우엔 그냥 모른 척하자.

하지만 이 아이가 내 생각보다 훨씬 잔혹한 짓을 벌이고있다면? 동물을 잔인하게 살해하고 해부까지 하는 사람이살인에까지 손을 대는 건 자연스러운 흐름이다.

"너 혹시 이 귀걸이 본 적 있어?"

나는 매니저에게 받은 실종된 코치의 옆모습이 찍힌 사진을 세준에게 보여주었다. 사진을 본 세준이 흠칫하는 모습을놓치지 않았다.

"본 적 없어요."

나는 세준이 사진 속 귀걸이와 그 주인인 여자를 본 적이있다는 점을 확신할 수 있었다.

그제야 송인애가 나에게 아들을 미행해달라고 부탁한 이유를 알 것 같았다. 그녀도 아이의 수상한 행동을 눈치챈 것이었다. 이전 코치들에게도 그런 부탁을 했을까. 그런데 다들 실종되었다는 건 미행 후 끔찍한 결말과 마주했다는 뜻이었다.

내가 정말 이 수업을 계속해도 되는 걸까. 돈에 눈이 멀어 실수를 저지른 걸까. 나도 죽는 걸까, 이 아이한테…. 역시 경찰에 신고해야 하나.

그때였다.

야옹.

도어록 쪽으로 고개를 획 돌렸다. 분명히 저쪽에서 고양이 울음소리가 났다.

저 안에 꽁치가….

"수업 안 해요?"

세준이 가시 돋친 말투로 물었다.

서둘러 친구에게서 빌린 동물해부학 전공 책을 꺼냈다. 여기 오기 전 몇 시간 동안 벼락치기로 공부를 했다. 그래봤자 영어 문장을 한글로 풀이하는 정도였지만. 행여나 세준이 질문을 하면 어쩌나 전전긍긍했는데, 다행히 아무런 질문도 없었다. 자세히 보니 애초에 내 설명을 별로 듣지 않는 듯했다. 세준의 시선은 책에 실감 나게 그려진 동물의 장기와 혈관에만 꽂혀 있었다. 내가 페이지를 넘기자 불쾌한 듯 갑자기 나를 째려봤다.

이 아이… 확실히 위험해.

수업은 그럭저럭 마쳤다. 세준을 어떻게 해야 좋을지 상담하려다 이제야 집에 어머니인 송인애가 없다는 사실을 깨달았다.

"어머니는?"

"나 엄마랑 별로 안 친해요."

"아빠랑은?"

대답이 없다.

송인애에게 전화를 걸어보았지만 부재중이었다. '긴히 상의드릴 게 있습니다'라고 문자를 남겼다. 바닥에 놔둔 가방에 책을 넣으려 쭈그려 앉는데 식탁 아래 바닥에 놓인 물체가 보였다.

숨이 턱 막혔다. 그건 파란색 가짜 보석이 달린 반지였다. 하수구에서 발견한 귀걸이와 세트임이 틀림없었다.

필사적으로 아무렇지 않은 척했다.

"너는 수업 끝나면 뭐 해?"

"아무것도 안 해요."

수업이 끝나면 새벽 4시. 중학교 3학년이 그때 외출을 하는 게 아무것도 아닐 리는 없었다.

나는 서둘러 집을 빠져나와 주차장에 도착했다. 차 트렁크에서 기네스북에 오를 만큼 기다란 3미터짜리 셀카봉과 왜 사다놓았는지 모를 노끈을 꺼냈다. 그것들을 챙겨 곧바로 엘리베이터에 올라타 13층을 눌렀다. 행여나 세준과 마주칠까 걱정했지만 13층에는 아무도 없었다. 옥상으로 향하는 계단을 올라갔다. 다행히 옥상 문은 열려 있었다. 난간 쪽으로 접근했다. 대략 여기 바로 아래가 도어록이 잠긴 문제의 방일 것이다. 셀카봉에 휴대전화를 매달아 길이를 늘인 후 난간 밖으로 내밀어 천천히 내렸다. 이쯤이면 창문으로 방안 모습을 볼 수 있겠다고 생각한 순간.

창문이 무언가에 거칠게 부딪히는 소리와 함께 고양이의 비명소리가 들렸다.

하마터면 놀라서 셀카봉을 떨어트릴 뻔했다. 조심스럽게 휴대전화를 회수한 후 녹화 종료 버튼을 누르고 영상을 확인했다. 방안은 껌껌했다. 그러다 어둠 속에서 어떤 형체가 유리창으로 달려들었다. 고양이였다. 노란색으로 번쩍거리는 두 눈으로 휴대전화 쪽을 노려봤다. 어제 내가 본, 꽁치를 닮은 고양이는 얌전했다. 저 방안에서 어떤 고난을 겪었기에 사납게 변해버린 걸까.

그때 살짝 열려 있는 옥상 문틈으로 사람이 외출하는 인기척이 들렸다. 반대편 난간으로 달려가 아래를 내려다보자 잠시 후 검은색 롱패딩이 아파트 입구를 빠져나오는 모습이 보였다. 세준이었다. 서둘러 엘리베이터를 타고 1층에 내려왔다.

골목을 돌아다니며 뒤져봤지만 세준은 보이지 않았다.

그때 극심한 고통에 짓눌린 듯한 여자의 비명이 하늘을 갈랐다.

이 새끼가 역시 살인을. 소리가 나는 방향으로 뛰기 시작했다. 2미터짜리 벽이 앞을 가로막기에 그냥 뛰어넘었다. 착지하다가 발목에 무리가 갔다. 절뚝거리며 뛰었다.

저만치 앞에 불 꺼진 가로등이 있고, 그 아래 두 사람의 형체가 보였다. 그중 한 명은 검은색 롱패딩. 손에 식칼을 들고 있었다. 여자는 식칼을 쥔 세준의 손목을 필사적으로 붙잡았다. 칼날의 끝과 여자의 목 사이 거리는 20센티미터도 채 되지 않아 보였다.

"안 돼! 그만둬!"

나는 저돌적으로 세준에게 달려들어 둘 사이를 가로막은 후 그의 팔목을 붙잡았다. 자칫하면 내가 칼에 찔릴 수도 있었다. 하지만 이 아이가 더이상의 살인을 저지르는 걸 막고 싶었다. 그때 갑자기 뒤에서 누가 미는 듯한 느낌이 들며 세준과 함께 넘어졌다. 내 몸뚱이 밑에 세준이 깔렸다. 갑자기 내 얼굴로 뭔지 모를 액체가 세차게 튀었다. 고장 난 가로등이 깜빡거리더니 불이 켜졌다.

"으악!"

세준의 목에 식칼이 꽂혀 있었다. 뒤엉켜 넘어지다 그만 칼이 경동맥을 파고들었다. 놀라서 식칼을 빼니 피가 분수처럼 솟아올라 내 옷을 모두 적셨다. 눈 쪽에도 피가 튀어 앞을 제대로 볼 수 없었다. 엉덩이로 바닥을 기며 뒤로 물러섰다. 지옥이었다.

그때 뒤통수에서 끔찍한 고통이 느껴졌다. 바닥에 철퍼덕 쓰러졌다. 뒤에서 여자가 내 쪽으로 다가왔다.

"겨우 살았네."

귀에 익은 목소리였다. 송인애였다. 이게 대체 무슨.

"선생님, 어떡할래요? 장사를 다 망치셨잖아요?"

망치다니?

"리어카 할아버지와의 다음 거래가 코앞이라고요."

거래? 리어카? 새벽에 리어카를 끌던 그 할아버지?

"크윽… 그게 무슨 소리…."

송인애가 까르르 웃었다.

"무슨 소리라뇨, 선생님?"

통증이 뒤통수에서 시작해 불길처럼 온몸으로 번졌다.

"왜 갑자기 저를…. 저는 세준이가 어머니를 죽이려는 걸 막으려…."

"어머, 고마우셔라. 덕분에 살았어요. 아들놈이 제가 들고 있던 칼을 뺏으려 달려들지 뭐예요. 하마터면 역으로 당할 뻔했는데, 감사해요. 세준이는 제가 자기 엄마인지 몰랐겠지만."

"무슨…."

"어쩔 수 없죠. 선생님이랑 세준이 간이라도 팔아야겠어요."

간…? 이전 코치 세 명의 실종은 송인애의 짓인가. 그럼 세준은….

"아들놈이 괜히 길고양이를 돌본답시고 새벽에 싸돌아다니니 불안해서 일을 할 수가 있어야죠. 그래서 선생님에게 미행을 부탁한 건데, 뭐 결과적으론 잘됐네요. 어머, 선생님 혹시 뭐가 착각하신 건가요? 세준이는 괜히 길고양이 치료해준 것 말고는 아무 죄가 없어요."

그럴 수가.

도망쳐야 했다. 필사적으로 바닥을 기려 했지만 팔다리가 말을 듣지 않았다.

"이번 거래만 끝나면 드디어 할아버지에게 영생의 간을 받을 수 있어요! 불사의 몸이 되는 거예요. 간암쯤이야 말끔히 낫겠죠. 안색도 좀 나아지려나? 제 얼굴이 너무 흙빛이었죠?"

송인애가 땅에 떨어진 식칼을 주워들었다.

"으…."

"선생님은 잘생기셔서 살려두려고 했는데 아쉽네요. 그동안 수고하셨어요."

목 뒤로 날카로운 통증이 느껴짐과 동시에 의식이 끊겼다.

무당의 집

문화류씨

1

지금 이 시간에도 괴이한 일은 벌어진다. 악귀에 씌어 일가족을 살해하기도 하고, 이사 간 집에서 귀신에게 시달리기도 한다. 공포영화 속 이야기가 아니다. 매년 뉴스에 보도되는 내용이다. 요즘 사람들에게 이런 이야기를 하면 심드렁하다. "도대체 그게 어쨌다고?"라며 흘려보낸다. 지식이 빠르게 공유되고 누구나 미디어를 만드는 세상에서 괴이한 이야기는 힘을 잃는다. 귀신의 존재와 샤머니즘은 사이비라고 여기는 시점에 MBS 방송국 〈괴이함 속으로〉 팀에도 위기가 왔다. 그날도 본부장의 잔소리에 유 피디의 얼굴이 벌게졌다.

"우리 프로그램에 마가 끼었나? 제작진이 바뀐 뒤로 시청률이 반토막 났다고 난리다. 어시장 생선가게야? 와 이리 안 풀리는데? 작가님들 말 좀 해보이소. 새로운 컨셉 없어요? 10년 전에 우려먹던 걸 아직까지도 쓰면 우짜자는 거고?"

〈괴이함 속으로〉는 MBS를 대표하는 간판 프로그램으로 세상 곳곳에서 일어나는 기괴하고 미스터리한 사건을 찾아내 방영하며 금요일 밤을 책임졌다. 20년 동안 시청률 1위를 놓치지 않았지만 제작진이 교체되면서 시청률이 반토막 났다. 귀신영상 조작논란이 시발점이었다. 홈페이지 게시판은 프로그램을 폐지하라는 글로 도배됐다.

"말 좀 해봐라, 답답이들아. 본부장님이 가을 개편 전까지 시청률 복구 못 시키면 접으란다. 이러다가 우리 다 죽는 거야. 배수의 진을 쳤다 생각하고 아이디어 좀 풀어봐라!"

유 피디의 눈이 전 작가를 향했다. 그녀는 고개를 숙였다. 평소에도 자신감이 없었지만 그날은 더욱 고개를 들지 못했다. 그녀가 귀신영상을 조작한 장본인이기 때문이다. 유 피디는 다른 작가들에게 눈을 돌렸다. 그들도 매한가지였다. 유 피디의 한숨이 회의실을 뒤덮었다. 새빨간 눈은 당장이라도 피를 쏟을 것 같았다.

"크흐흐흐…."

유 피디의 이마에 핏줄이 섰다. 눈치 없는 막내작가와 조연출 때문이었다. 둘은 뭐가 그리 재밌는지 서로의 귀에 대고 뭔가를 속삭이며 연신 키득댔다. 참다못한 유 피디가 언성을 높였다.

"야, 야! 니들 지금 회의실에서 연애하냐? 지금 심각한 상황이다."

조연출인 조 피디가 머쓱한지 눈치를 보다가 입을 열었다.

"선배, 월영시에 있는 무당의 집을 다뤄보는 건 어떨까요?"

유 피디의 얼굴이 일그러졌다.

"야 인마! 게시판도 안 보냐? 안 그래도 진부하다고 도배질인데, 매년 여름마다 납량특집으로 쓰는 소재를 또 하자고?"

조 피디도 표정이 굳어졌다. 능력도 없는 주제에 선배랍시고 잔소리만 해대는 유 피디의 말에 참아왔던 응어리가 터졌다.

"선배야말로 모르는 소리 하지 마요. 유튜브도 안 봤어요? 언제까지 영상자료 쓰고 연기자들 쓸 건데요? 시대에 뒤떨어진 프로그램만 제작할 것이 아니라, 우리도 카메라 들고 직접 현장에 가보는 겁니다. 월영이면 여기서 멀지도 않아요. 예고편도 1999년, 일가족을 살해한 무당의 집 최초 공개! 어때요? 시청률 오르는 소리가 들리잖아요."

유 피디는 또 한숨을 내쉬었다.

"이 사람아, 거기 몰라? 1999년에 살인사건 났을 때, 무당이랑 일가족 말고도 경찰, 기자, 마을사람들 다 죽었다. 이후에 납량특집 찍는다고 취재하러 간 사람들은 실종돼서 찾을 수도 없고…. 무당의 저주란 말이 괜히 있는 게 아니야. 영상자료만 쓰고 재연드라마 찍는 이유가 다 있다. 이래서 경력이 중요하다. 알겠냐, 조 피디야?"

조 피디는 작가들을 쳐다봤다. 자신을 도와달라는 듯 2인자인 최 작가의 발을 툭툭 쳤다.

"유 피디님, 배수의 진을 쳤다면서요? 진짜 위기라면 무당의 집이 아니라, 더한 곳도 가야죠. 평소 우리 프로그램에 귀신은 없다고 비아냥대던 유 피디님 아니신가요? 혹시 무당의 집에서 죽을까봐 겁나세요? 어차피 이번에 폐지되면 우리도 답 없어요. 유 피디님이야 방송국 소속이니까 밥그릇 걱정 없겠지만, 우린 진짜 배수의 진을 쳐야 해요. 제가 고향이 월영이라서 알아요. 저주? 그런 거 없어요. 동네사람들은 장난삼아 들어가기도 해요. 전부 결혼하고 애 낳고 잘만 살더만…. 하나님을 걸고 맹세해요."

유 피디의 이마에 땀이 맺혔다. 쥐도 궁지에 몰리면 고양이를 문다고, 세게 나오는 아랫사람들의 태도에 적잖이 당황했다. 그는 사람들의 반응을 살폈다.

"그래, 좋아. 전 작가님은 어떻게 생각해요? 무당의 집에서 그림이 나올 것 같아요?"

전 작가도 동의했다. 그녀도 조작사건으로 무너진 이미지를 만회해야 하기 때문이었다.

"그래, 어차피 이판사판이다. 설마 죽기야 하겠어? 세상에 귀신이 어디 있고 저주가 어디 있겠노? 정말 위험한 곳이면 정부에서도 사람들 못 가게 관리를 했을 거 아이가? 그런 의미로 촬영은 조 피디랑 최 작가 둘만 다녀온나."

분위기가 싸늘해졌다.

"말도 안 되는 소리 하지 마요. 선배는 왜 빠지는 거예요? 여기 메인 피디가 저예요? 메인 피디가 맨날 책임을 미루니까 시청률이 반토막 나는 거예요. 잘되면 본인 덕이고 안 되면 우리 탓이고…. 경력 많은 선배의 저력을 이제는 보여주세요. 설마 겁먹은 거예요? 매일 제작비 아끼라고 닦달하셨으니까, 이왕 이렇게 된 거 우리 다섯 명이랑 용한 무당 한 명 섭외해서 가죠?"

유 피디의 얼굴이 붉으락푸르락했다. 결국 촬영일자를 잡기로 했다. 유 피디도 사실 쫓기는 마음이었다. 방송국 소속이라서 밥그릇 걱정은 없을 거라고 하지만, 지금까지 손대는 프로그램마다 폐지가 되는 바람에 윗사람들 볼 면목이 없었다. 동기들은 종편이나 엔터테인먼트에 영입되는데, 몇 년째 제자리라니.

무당의 집….

매년 여름이면 방송사마다 특집으로 다뤘다. 그러나 그곳을 찾아가 촬영하는 방송국은 없었다. 사건자료를 이용하거나 재연드라마로 만들 뿐이었다.

1999년, 월영시 괴촌면에서 일어났던 일이다. 현재는 재개발 지역이라 사람이 살지 않지만 과거에는 길게 줄을 선 사람들로 붐비는 곳이었다. 무당 육병달 때문이었다. 대한민국에서 가장 신통하기로 소문난 그는 날아가는 새도 떨어뜨릴

만큼 기세가 대단했다.

그러나 육병달의 신기(神氣)가 하루아침에 사라지면서 위기가 찾아왔다. 아무리 성대한 굿판을 열어도 신의 기운은 돌아오지 않았다. 고객들에게 이미 수십억을 받아놓은 터라 마음이 급했다. 그가 선택한 건 새로운 신을 부르는 것이었다. 하지만 신내림이란 쉬운 일이 아니다. 신이 사람을 선택하는 것이지 사람이 신을 선택할 수 없기 때문이다. 그럼에도 육병달은 새로운 신을 받는 데 성공했다. 이전보다 더욱 강력한 신통함으로 세상을 떠들썩하게 했다. 방송사와 신문사에서는 그에게 차기 대통령을 묻기도 하고 대한민국 경제를 예측해달라고도 했다.

그러던 어느 날, 육병달의 집 앞에 무속인과 종교인들이 모였다. 그들은 육병달이 신내림을 받은 것이 아니라 마귀를 불렀다고 했다. 여론은 그들이 시기심에 하는 말이라고 생각했지만, 시간이 지나고서 그것이 사실이라는 걸 깨달았다.

과거 육병달을 돕던 직원의 말에 의하면, 육병달은 신에게 바치는 제물에 집착했다고 했다. 닭이나 돼지는 성에 차지 않았고 황소도 마음에 들지 않았다. 그는 인간을 제물로 바쳐야 한다며 아이를 납치해줄 수 있냐고 물었다. 그의 눈빛이 농담이 아니라는 걸 깨달은 직원은 도망치듯 그의 집을 빠져나왔다. 직원이 방송에서 인터뷰하는 걸 보면 육병달이 단단히 마귀에 홀렸다는 걸 알 수 있었다.

"그 광기를 말로 표현할 수 없어요. 새로운 신을 받은 뒤부터 괴이했습니다. 새벽에 인사를 하러 갔는데, 새하얗게 분칠을 했더군요. 붉게 눈 화장도 하고요. 육 선생이 원래는 도인 이미지였는데, 그 모습은 뭐랄까… 뭐 그럴 수도 있다고 쳐요. 어떤 신을 받았는지에 따라 겉모습은 바뀔 수도 있으니까. 그런데 사람을 제물로 바쳐야 된다고 하니까 무서운 거예요."

칠흑 같은 밤, 무당의 집에서 비명이 들렸다. 주위 사람들은 대수롭지 않게 생각했다. 굿을 하는 날에는 더욱 큰 비명도 들렸기 때문이다. 이후 꽤 오랫동안 육병달의 집은 닫혀 있었다. 몇몇 사람들이 피냄새가 난다고 했고, 시간이 더 지나자 썩은 냄새가 나기 시작했다. 그제야 사람들은 경찰을 불렀다.

문을 열었다. 육병달의 집에서 코를 찌르는 냄새가 진동했다. 근사했던 한옥풍 전원주택은 도둑에게 습격이라도 당한 듯 어지러웠다.

"으아아아악!"

집 뒤쪽에서 비명이 들려왔다. 굿을 하는 제단에서 네 구의 시체가 발견됐다. 육병달의 아내와 자녀들이었다. 그중에는 어린 막내딸도 있었는데, 고작 여섯 살이었다. 그들의 머리는 잘린 채 접시 위에 놓여 있었고, 몸은 멍석 위에 짐짝처럼 쌓여 있었다. 사체마다 칼이 깊숙이 꽂혀 있었는데, 경찰은 육병달이 자신의 가족을 제물로 삼았다고 추측했다. 제단의 바닥에 있는 핏자국을 따라갔다. 문을 여니 죽은 육병달이 자신의 배를 관통한 칼을 부여잡고 있었다. 벽에는 피 묻은 손가락으로 써내려간 글이 적혀 있었다.

'나의 잘못으로 마귀를 불렀습니다. 그것이 이곳에 머무는 자들을 죽이고 제물로 삼을 것입니다. 어서 이곳을 나가세요. 가족들이 그것에게 당했습니다. 이 집에는 마귀가 삽니다.'

경찰은 육병달이 일가족을 죽이고 스스로 목숨을 끊었다고 결론을 내렸다. 유명 무당의 살인사건은 대한민국 전체를 떠들썩하게 만들었다. 더욱 기이한 건 그곳을 방문한 경찰과 기자의 연이은 죽음이었다. 그들은 죽기 전에 마귀를 보았다며 공포에 떨었다. 텔레비전에는 무속인과 종교인들이 나와 육병달의 집에 들어가지 말라고 했다.

"경찰도 기자도 그곳에 들어가는 걸 멈추세요. 행여 호기심에 들어갈 생각은 마세요. 육병달은 들여서는 안 되는 걸 들였어요. 그건 동쪽 저 멀리에서 온 마귀예요. 인간의 마음을 건드려 자신의 제물로 삼는 거죠. 마귀가 바라는 건 인간의 비극입니다. 서로 다투고 싸우고 죽이고…."

2

월영시 괴촌면 668-2번지. 〈괴이함 속으로〉팀만이 아니라, 미스터리 공포 프로그램을 만드는 제작진들은 수없이 검색해봤을 것이다.

밤 9시, 방송국 앞에 모여 유 피디는 대본을 점검했다. 뭐가 그리 마음에 들지 않는지, 여러 번 말을 바꿨다. 무당의 집에 가서도 계속 말을 바꿀 거라는 걸 아는 작가들은 유 피디의 말을 듣는 둥 마는 둥 했다. 조 피디가 무속인이라며 데려왔는데, 키가 작고 통통한 체형에 어리숙해 보이는 젊은

이였다. 몸을 움직일 때마다 헐렁한 셔츠자락이 펄럭거렸다. 유 피디의 얼굴이 굳었다. 그는 조 피디를 조용히 불렀다.

"연기자를 데려오면 어떡하노? 저래서 방송이 되겠나? 섭외 리스트 줬잖아?"

"무속인들이 모두 거절했어요. 출연료 많이 준다는데도 싫다는 걸 어떡해요? 이건 유명하고 안 하고의 문제가 아니라, 무당의 집에 간다고 하면 전부 거절해요. 급하게 연극배우라도 섭외한 게 얼마나 다행입니까? 방송 안 만들 거예요?"

유 피디는 섭외 실패보다 조 피디의 태도에 더 화가 났지만 기운을 낭비하고 싶지 않았다. 어딘가 모르게 나사가 빠져 보이는 연기자도 데려가기로 했다.

"다 모였죠? 무당의 집에 도착하면 12시부터 촬영 들어갑니다. 진행은 내가 하고요. 먼저 대문 앞에서 타이틀 따고, 무당이 살았던 곳을 둘러볼 겁니다. 저기 종만 씨라고 했습니까? 어리바리하게 있지 말고 무당의 집에 도착하면 주위에 뭐가 보이는지 설명해주세요. 분위기 좀 으스스하게 잘 잡아줘요. 특히 집 뒤편에 있는 제단에서 피범벅이 된 육병달 일가족의 머리가 보인다는 뉘앙스로…. 아시겠죠?"

종만은 뭐가 그리 즐거운지 헤벌쭉거리다가 고개를 끄덕

였다. 유 피디는 석연치 않았지만 어떻게든 될 거라며 차에 올라탔다.

"빨리 차에 탑시다! 시간이 없어!"

유 피디가 차에 타라며 손짓했다. 전 작가와 최 작가의 표정이 굳어졌다. 둘은 승합차 문 앞에 서 있기만 했다. 무당의 집에 가기가 두려웠다. 조 피디가 그녀들을 설득했다. 한참 동안 이야기를 한 뒤에야 전 작가가 차에 탔다.

"안 돼, 난 못 가!"

최 작가가 도망치자, 유 피디가 쫓았다. 그는 단숨에 달려가 최 작가의 목덜미를 잡았다. 최 작가가 비명을 질렀지만 아랑곳하지 않았다. 그녀를 끌고 와선 차 안에 내동댕이쳤다.

"이제 와서 쫄리나? 가자고 할 땐 언제고… 어데 도망칠라 하노? 우리는 한배를 탄 거다. 이렇게 된 거 살아도 같이 살고, 죽어도 같이 죽는다!"

유 피디의 눈에 광기가 서려 있었다. 순식간에 분위기가 싸늘해졌다. 누구 하나 그를 건들면 폭발할 것 같았다. 그를 우습게 보던 조 피디도 눈치를 살피더니 조심스럽게 입을 뗐다.

"막내작가님, 다른 방송이랑 차별점이 있어야 하잖아요?

혹시 준비해오셨나요?"

"네, 인터넷을 검색해보니 육병달이 부른 마귀를 신봉하는 단체가 있었어요. 인류 종말의 시대에 악마를 섬겨야 한다나 뭐라나? 아무튼 그 사람들이 무당의 집을 다녀왔더라고요. 여기 인증사진도 있어요."

막내작가는 무당의 집 마당에서 환하게 웃는 신도들의 사진을 내밀었다. 차 안에 있는 사람들은 그걸 보며 안도의 한숨을 내쉬었다.

"이 사람들 섭외 끝났고요. 오늘 촬영 끝나면 인터뷰할 예정이에요. 너무 걱정하지 말아요. 헤헷!"

유 피디의 광대가 올라갔다. 막내작가의 말이 사실이라면 지금까지 어느 방송에서도 다룬 적이 없는 내용이었다. 무엇보다 그들이 살아 돌아왔다는 말이 반가울 수밖에 없었다.

"내가 바라는 게 큰 거 아니다. 막내작가처럼 진취적으로 프로그램에 임하면 누가 뭐라 하나? 세상에 마귀가 어디 있냐고⋯. 저주가 말이 되나? 시청자들 즐겁게 해줘야 할 사람이 도망이나 가고 말이야."

최 작가는 웃지 않았다. 그녀가 방송국 회의실에서 유 피디에게 했던 말은 모두 거짓이었다. 무당의 집은 월영에 사는 사람들조차 꺼리는 곳으로, 근처에 살기만 해도 가위에 눌리고 악몽에 시달렸다. 그런 이유로 마을 사람들 대부분이 떠나버렸다. 그곳을 방문하고도 목숨을 지킨 사람이 있다니 금시초문이었다. 유 피디가 얄미워 골탕이나 먹이려고 내뱉은 말이 내게 독이 될 줄이야…. 불안함에 속으로 하나님을 찾았다. 휴대폰의 성경 앱을 열었다. 오늘의 성경구절이라며 '에베소서' 4장 26-27절이 나왔다. 그녀는 그것을 반복해서 읽었다.

"분을 내어도 죄를 짓지 말며, 해가 지도록 분을 품지 말고, 마귀에게 틈을 주지 마라."

갑자기 종만이 멀미가 날 것 같다며 차를 세워달라고 했다. 차를 세우자마자 밖으로 뛰쳐나가 전봇대를 부여잡고 토사물을 쏟아냈다. 유 피디의 미간이 찌푸려졌다.

"가지가지한다, 가지가지해…. 딱 보니 초짜 같은데, 불안하다."

조 피디는 못 들은 척 사이드미러만 봤다. 저 멀리서 한 노파가 걸어왔다. 처음에는 대수롭지 않게 생각했지만, 축지법을 쓰는 듯 어느새 종만의 옆으로 와서 등을 두드려줬다.

"선배, 저기 노란 스웨터 입은 할머니 봤죠?"

"그래… 어떻게 된 거고? 사람이 저렇게 빠르게 걸어올 수 있나?"

유 피디와 눈이 마주친 노파는 걸어와 창문을 두드렸다.

"총각, 나 좀 태워다주면 안 되겠수? 저기 위에 있는 귀봉사(鬼封寺)라는 절까지만 태워다주시오. 무릎이 아파서 도무지 갈 수가 없다우."

유 피디가 고개를 끄덕였다.

"타세요. 어차피 저희도 위로 가야 합니다."

노파가 종만과 함께 차에 올라탔다. 코를 찌르는 향냄새가 차 안에 퍼졌다. 막내작가가 문을 열었다. 노파는 문 열리는 쪽에 자리를 잡고 앉아서는 제작진을 둘러봤다.

"뭐 하는 양반들인가 했는데, 방송국 사람들인가보네? 토한 이 양반은 아니구먼? 혹시 뭐 하는 양반이유? 으흐흐흐…."

섬뜩한 웃음소리에 차 안이 조용해졌다. 작가들은 노파의 눈을 마주치지 않으려고 창밖만 쳐다봤다.

"이 사람들 무당의 집으로 가는구먼? 육병달의 집 말이야."

유 피디가 고개를 돌렸다.

"어떻게 아셨습니까? 저희 방송국 사람들입니다. 혹시 들어보셨나요? '괴이함 속으로'라고…."

유 피디는 막내작가에게 카메라를 켜라고 손짓했다.

"척하면, 척이지요. 이곳에 볼 게 뭐가 있다고 방송국에서 오겠누? 그런데 이 사람들아, 어서 돌아가요. 돌아가야 해. 배울 만큼 배운 사람들이 왜 죽으러 가? 쯧쯧쯧… 마귀한테 홀렸구먼? 못된 것…."

"할머니, 그게 무슨 말씀이세요? 마귀에게 홀려서 죽다니요?"

"지금 여기 이 차 안에 마귀가 있어. 자네들은 그곳에 가면 고것의 제물이 될 거유…."

노파는 카메라를 무섭게 노려봤다. 렌즈를 노려보며 눈 아래를 파르르 떨어댔다. 막내작가는 겁에 질려 카메라를 떨어트릴 뻔했다. 최 작가가 조심스레 입을 뗐다.

"여기 있다구요? 어디? 누구요?"

노파가 고개를 획 돌려 최 작가를 노려봤다. 그러곤 그녀의 귀에 뭐라고 속삭였다. 최 작가는 갑자기 화를 냈다.

"뭐야? 이런 노망난 할매를 봤나? 어디서 재수없게?"

"이것 봐! 내 말이 맞지? 그놈의 성질머리가 문제야! 이히

히히….”

차 안이 시끄러웠다. 사람들은 노파가 뭐라고 했냐며 물었지만 최 작가는 화만 낼 뿐이었다. 조 피디는 노파를 괜히 태웠단 생각이 들었다.

“할머니, 여기 있는 사람들 전부 돈 벌려고 왔는데 마귀라니요. 말씀이 지나치셔요. 저기가 귀봉사 맞죠? 거의 다 왔습니다.”

조 피디가 손짓하자, 노파는 내리면서 종만에게 얘기할 것이 있으니 시간을 달라고 했다. 종만이 차창 밖으로 머리를 내밀자, 그의 귀에 대고 무슨 말인가를 속삭였다. 그는 알아들었다는 듯 고개를 끄덕였다. 그러곤 노파에게 뭔가를 받았다.

“으흐흐흐… 그렇군요? 할머니, 고맙습니다.”

최 작가가 물었다.

“종만 씨, 할머니가 뭐라고 하셨기에 그렇게 좋아해요? 마귀의 정체라도 말해주던가요?”

종만은 최 작가를 보며 의미심장한 표정만 지을 뿐 아무런 말도 하지 않았다.

칠흑 같은 어둠뿐이었다. 괴촌면에 들어서면서 사람의 흔적이라고는 찾아볼 수 없었다. 자동차 불빛에 비친 집들은 부서져 있고 잡초는 사람 키만큼 높았다. 한참을 지나서 커다란 저택이 보였다.

"저거네요. 생각보다 엄청나게 큰데요? 무당의 집이 아니라, 무당의 저택이네…."

"실제로 보니까 훨씬 으스스하다. 그림 나오겠다. 조 피디야, 담벼락에 차 세우고 촬영장비 꺼내라."

유 피디는 종만을 불러 악한 기운이 느껴지는 연기를 해보라고 했다. 하지만 그의 연기는 형편없었다.

"하… 참. 조 피디, 어디서 이런 새끼를 데려왔어? 연기가 전혀 안 되잖아? 일단 촬영 시작해. 들어가면 어떻게든 되겠지."

마음대로 되는 게 하나도 없다는 듯, 유 피디는 자기 머리통을 마구 긁었다.

"선배님, 종만 씨 사운드 체크 부탁드립니다! 말 좀 해보세요."

최 작가가 멍하니 지켜보고만 있자, 유 피디가 잔소리를 시작했다.

"어이 최 작가, 또 도망칠 생각 마라. 명색이 2인자면 좋은 아이디어라도 내놓든가, 아니면 대본을 잘 쓰든가? 이번에도 막내작가가 판 깔아서 기생하는 거 아이가?"

최 작가는 감정이 상했다. 유 피디에게 그런 취급을 받는 것이 화가 났다. 그동안 참았던 분노가 폭발했다. 홧김에 최 작가는 혼자 무당의 집 대문을 열고 들어갔다.

사람들은 그녀의 돌발행동에 "어? 어?" 소리만 냈다.

"성질머리하고는…. 일단 대문 앞에서 타이틀 따고 갈게요. 조 피디야, 준비됐다."

조 피디가 큐 사인을 넣었다. 유 피디가 멘트를 하던 중 컷을 외쳤다. 최 작가가 마음에 걸렸는지 그녀의 마음을 풀어주고 시작하자고 했다. 모두가 동의한 가운데 유 피디가 무당의 집 대문 손잡이를 잡아당겼다.

"최 작가…."

휴대폰 불빛이라도 의존해서 있을 줄 알았던 최 작가는 보이지 않았다. 아무것도 보이지 않는 캄캄한 어둠뿐이었다. 조 피디가 카메라 조명으로 이리저리 비췄지만 최 작가는 보이지 않았다.

"최 작가야, 내가 말이 심했다. 미안하다. 화 풀고 빨리 나온나…"

"하나야… 어디 있니? 어서 나와…"

제작진은 그녀를 다급하게 불렀다. 휴대폰 조명을 켜 무당의 집 사방을 비춰도 그녀의 흔적은 어디에도 없었다. 전 작가가 울먹였다.

"이게 다 유 피디님 때문이에요. 평소에도 하나를 못 잡아먹어 안달이더니, 하나한테 너무한 거 아니에요?"

정신을 다잡으려 했지만 유 피디는 이미 머릿속이 혼미해지는 것을 느꼈다. 온몸에 땀이 범벅이었다. 한동안 서로의 숨소리만 들렸다.

딸랑딸랑, 딸랑딸랑, 딸랑딸랑….

집 뒤쪽에서 방울소리가 났다. 제단이 있는 쪽이었다. 몇 개의 등이 켜져 있어서 최 작가가 그곳에 있을 거라고 생각했다. 제작진 모두는 그곳으로 향했다.

"으아아아악!"

모두 경악했다. 최 작가의 머리가 접시 위에 놓여 있었다.

멍석에는 그녀의 사체가 칼에 찔린 채 널브러져 있었다. 육병달의 가족들이 죽어 있던 모습과 똑같았다.

"이… 이럴 리가 없다. 어떻게 들어가자마자 죽을 수가 있는데?"

믿기지 않는 표정의 유 피디는 그녀의 머리를 들었는데, 묵직함이 느껴졌다. 그는 놀란 나머지 머리를 떨어트렸다. 모두 대문을 향해 달렸다.

"빨리 문을 열어봐요. 어서!"

문이 잠겼다. 조 피디가 어깨로 치고 발로 차도 꿈쩍도 하지 않았다.

"어떡해요. 빨리 전화 좀 해봐요. 경찰서나 소방서나 아무 데나…."

모두의 휴대폰에서 요란한 신호음이 울리더니 동시에 꺼져버렸다. 전 작가가 울음을 터트렸다. 그녀는 모든 것이 유 피디 탓이라고 했다. 막내작가는 담벼락이라도 넘으려 했지만 너무 높은 탓에 시도조차 해볼 수 없었다. 제작진이 쩔쩔매고 있는 와중에도 종만은 멍하니 서 있기만 했다.

"종만 씨, 지금 이 상황이 안 무섭습니까? 어떻게 얼굴색 하나 안 변하노?"

"무섭죠… 사람이 죽었는데요. 하지만 이럴수록 침착해야 합니다. 할머니 말씀 기억하시죠? 이 안에 마귀가 있는 것 같습니다."

조 피디는 종만에게 농담하지 말라며 핀잔을 줬다. 막내작가도 동료를 의심하게 만들지 말라고 했다. 순식간에 분위기가 얼어붙었다. 그럼에도 종만은 꿋꿋하게 말을 이어갔다.

"할머니는 우리 중에 마귀가 있다고 했어요. 우리를 제물로 삼기 위해 이곳으로 데려왔다고도 했죠. 할머니가 최 작가님에게 마귀한테 제일 먼저 죽을 거라고 했어요. 그래서 최 작가님이 노발대발했던 거예요."

조 피디는 말도 안 되는 소리라며 일어났다.

"이봐요, 종만 씨, 할머니는 믿을 수 있어요? 종만 씨 말대로라면 할머니가 마귀일 수도 있을 텐데요?"

어둠 속에 정적이 흘렀다. 모두가 두려움에 떨며 멘붕에 빠졌던 시간이 좀 지나자, 유 피디가 결단을 내린 듯 그답지 않게 차분한 목소리로 입을 열었다.

"아무튼 최 작가가 죽은 건 안타까운데… 문도 열리지 않고 나갈 방법이 없으니…. 자, 일단들 크게 심호흡하고 정신을 바짝 차리자고. 우리는 모두가 이곳에 촬영하러 왔고 어차피 지금 할 수 있는 것도 그것밖에 없으니… 이왕 이곳에 온 거 궁금증은 해소하고 가자고. 방송은 만들어야 하지 않겠나?"

유 피디는 비장한 마음이 되었다. 한편으론 그의 머릿속에 '20년 만에 밝혀지는 무당의 집'이란 타이틀이 강력하게 자리잡기 시작했다. 촬영을 하다보면 사고가 나기 마련이고 재수가 없으면 사망하기도 하는 것이라며 합리화했다.

전 작가는 사람이 죽었는데 촬영이 무슨 소용이냐고 했지만, 그의 의견을 따를 수밖에 없었다. 세상의 모든 괴이함을 찾는다는 프로그램을 만드는 자들이 자신의 말은 듣지도 않아 비위가 상한 종만이었다. 그런 종만에게 막내작가가 다가왔다.

"기분 나쁘시죠? 죄송해요. 아무래도 다들 충격에 빠져 있다보니…. 그런데 할머니가 뭐라고 했어요? 마귀를 찾을 수 있는 방법을 가르쳐주셨나요?"

종만은 노파의 말이 떠올랐다.

'아무런 상관없는 사람이 왜 돈 몇 푼 벌려고 죽으러 가누…. 자네는 내 말을 잘 들어주는 것 같아 말해주지. 생과 사는 운명인지라 누가 마귀인지는 가르쳐줄 수 없다우. 하지

205
무당의 집

만 마귀를 찾는 방법과 마귀굴에서 살아남는 방법을 가르쳐 주지. 저들에게는 함부로 말해서는 안 돼. 그러다가 자네가 죽어….'

마귀에게는 세 가지 습성이 있다고 했다.

'첫째, 그것은 늘 속삭인다우. 먹잇감을 유혹해야 하기 때문에 다른 이가 들으면 안 되기 때문이지. 떳떳하지 못한 이야기를 하는 것들이 꼭 속삭이잖수? 오래전부터 그래 왔기 때문에 속삭이는 버릇이 남아 있지. 둘째, 그것은 상대방의 욕망을 부추긴다우. 아무도 찾지 않는 육병달의 집을 어떻게 가게 했을까? 기다란 혀로 저들을 조종했을 거야. 기생충이 메뚜기를 물가로 가게 하듯 말이야. 흐흐흐…. 마지막 셋째, 마귀들은 신을 팔아! 신에게 맹세하니 어쩌니…. 그거 다 거짓말이야. 신을 기만하는 자, 그가 마귀이자 악마야! 그리고 이거 받아.'

노파는 손바닥 크기의 부적 하나를 건넸다.

'악을 퇴치하는 부적이지. 내가 다니는 절에 계신 문유 스님이란 분이 만들었다우. 마귀나 악인에게 붙이면 부적이 악을 빨아들이지. 그런데 이건 일회용이야. 마귀를 찾아 붙인다면 그곳에서 모두 살아나올 수 있을 거요. 하지만 못 찾겠다 싶으면 젊은이의 몸에 붙여! 이 부적은 사람이 붙이고 있으면 마귀나 귀신 따위가 가까이 오지 못해. 부적의 존재를 사람들에게 말해도 좋지만, 절대 단둘이 있을 때는 말하면 안 돼! 누가 마귀인지 모를 테니까. 마귀가 눈치라도 채면 젊은이부터 죽일 거야! 부적을 젊은이 몸에 붙이고 있으면 수탉이 세 번 우는 시각에 대문이 열릴 거유. 그때 문을 열고 나가면 젊은이는 살 수 있어! 부처님을 걸고 맹세하지! 으흐흐흐.'

종만은 기다려야 할지, 침묵해야 할지 혼란스러웠다. 누가 마귀인지 알 길이 없었다.

4

육병달의 집은 엄청난 규모였다. 먼지가 두텁게 내려앉고 여기저기 거미줄투성이지만, 거실에는 값비싼 물건들이 즐비해 박물관을 연상시켰다. 하지만 저주의 흔적이라든지 마귀의 자취는 보이지 않았다.

종만은 모두가 의심스러웠지만 조 피디가 가장 마귀 같았다. 작가가 죽었는데 얼굴색 하나 변하지 않고 촬영을 하고, 육병달의 집 이곳저곳을 아무렇지 않게 다녔기 때문이다. 무엇보다 노파의 말을 종합했을 때 가장 유력했다. 매번 작가들의 귀에 속삭이며 말했고, 자신에게도 출연료를 열 배나 주겠다며 데려왔다. 곰곰이 생각하니 노파의 말을 막은 것도…. 조 피디는 육병달의 큰딸 방에서 무언가를 가방 안에 넣었다. 그러곤 뭐가 그리 우스운지 픽픽 웃어댔다. 종만이 유 피디를 불러 조 피디를 가리켰다.

"저길 좀 보세요. 조 피디님 이상해요. 저거 가방에 넣은 거 뭘까요?"

유 피디의 눈이 번쩍 뜨였다.

"야, 조 피디! 니 가방에 뭐 넣었노? 다 봤다, 인마!"

조 피디는 가방을 보여주지 않으려고 뒷걸음질쳤다. 유 피디의 언성이 높아졌다. 둘의 실랑이에 작가들도 쫓아왔다.

"점마 저거, 가방에 몰래 뭐 넣었다. 빨리 꺼내라, 빨리!"

그제야 조 피디는 가방에서 필통을 꺼냈다.

"선배, 아무리 그래도 도둑 취급까지 하다니 정말 기분 나쁘네요. 몰래 넣기는 뭘 몰래 넣어요? 참조할 만한 자료인가 해서 일단 챙겼구만…."

종만은 고개를 저었다.

"아니에요. 저거 말고 안에 수첩 같은 거 넣는 걸 봤어요."

조 피디는 종만에게 눈을 흘기며 가방에서 다이어리를 꺼냈다. 육병달의 큰딸이 죽기 전 쓴 일기장이었다.

"니 인마, 이거 왜 숨긴 거야? 꿍꿍이 있는 거 아니야?"

"씨발, 말 같지도 않은 소리 하지 마! 참고자료로 보려고 챙겼다고 몇 번 말해?"

유 피디는 모두가 있는 곳에서 다이어리를 펼쳐 몇 군데를 소리내어 읽었다.

"아빠는 동생만 편애한다. 동생이 죽었으면 좋겠다…?"

유 피디는 다른 페이지도 넘겼다.

"걘 너무 무서워. 아빠를 너무 닮았어…. 내 어깨에 처녀귀신이 얼굴을 내밀고 있다는 장난을 쳤는데, 싫었어. 그래도 아빠는 개만 좋아해."

전 작가는 흥분하며, 더 읽어보라고 했다.

"엄마가 큰 잘못을 했나봐. 아빠 몰래 다른 남자를 만난 것 같아. 아빠가 그러는데 동생 빼고 우리는 아빠자식이 아니래. 엄마가 바람피워서 낳았다고…."

뒷장은 없었다.

"이게 무슨 말이야? 이거 큰딸이 적은 거 맞나? 육병달이 이거 혹시 일가족을 죽인 이유가…."

다 죽어가던 전 작가의 눈이 빛났다.

"그래서 죽이고 싶다던 동생이 누구일까요? 남동생? 아니면 막내동생? 그런데 다 죽었잖아요. 한 명만 친자라면서 왜 죽였을까요? 빨리 이 집을 뒤져서 육병달의 비밀을…."

결의에 찬 듯 성큼성큼 복도로 향하던 그녀가 멈춰 섰다. 우두커니 서 있던 그녀가 고개를 돌려 창가 쪽을 쳐다봤다. 호흡이 곤란한 듯 헛구역질을 했다. 걱정이 된 유 피디가 그녀를 잡으려는 순간, 창가를 향해 달렸다.

"하나야!! 하나야!!!"

그녀는 마당에서 최 작가의 이름을 마구 불렀다. 아무것도 보이지 않는 마당에 전 작가의 목소리만 들리는 것이 불안했던 유 피디가 쫓아갔다.

"정신 차려라. 최 작가는 죽었다 아이가?"

"하나가 창밖에 있었어요. 나를 불렀단 말이에요."

유 피디는 얼이 나간 전 작가의 뺨을 마구 때렸다. 그제야 정신을 차린 전 작가는 뭔가에 홀렸다는 사실에 온몸이 떨려왔다. 이번에는 유 피디가 혼란에 빠졌다. 자신이 나온 큰딸의 방에 조명이 켜져 있었다. 사람들의 이름을 천천히 부르기 시작했다. 전 작가가 대답하고, 연이어 막내작가와 종만이 대답했다.

"조 피디…? 조 피디…?! 조 피디는 따라 안 나왔나?"

유 피디는 주머니에서 라이터를 꺼냈다. 흔들리는 촛불을 휘저으며 사람들을 확인했다. 조 피디는 없었다.

"조 피디님, 아직 그 방에 있는 것 같은데요?"

비극이 다시 찾아왔다. 딸의 방에서 조 피디가 몸을 관통한 칼을 부여잡고 죽어 있었다. 육병달의 죽음과 흡사했다. 유 피디는 충격에 주저앉았다. 전 작가는 기절했고 막내작가도 울음을 터트렸다. 종만은 모두가 모인 자리에서 마귀의 정체를 함께 찾겠냐고 제안하기가 망설여졌다. 마귀를 찾아낼 자신이 없었다.

"저기, 종만 씨…. 소 잃고 외양간 고치는 격이지만 그때 할머니가 뭐라고 했십니까? 우리 중에 마귀가 있다고 했죠? 따로 종만 씨한테 뭐라고 말했나요?"

유 피디의 물음에 종만은 대답하지 않으려 했지만, 말하지 않으면 남은 사람들한테 이상한 취급을 받을 것 같았다.

"할머니는 인간의 생과 사는 운명이기에 마귀의 정체는 가르쳐줄 수 없다고 했지만, 그것을 잡을 수 있는 방법은 가르쳐주셨습니다. 바로 이 부적을 마귀에게 붙이라고 했습니다. 할머니가 다니는 절의 유명한 스님이 만든 부적으로 악의 기운을 모두 빨아들인다고 했어요. 할머니는 마귀가 누구인지 알아볼 수 있는 힌트도 알려주셨어요. 마귀에겐 세 가지 습성이 있는데요⋯."

마귀에게 속삭이는 습성, 욕망을 부추기는 습성, 신을 파는 습성이 있다는 것을 알게 되자 서로를 살폈다. 유 피디가 갑자기 실성한 사람처럼 마구 웃어댔다. 욕도 섞여 나왔다. 한참을 그렇게 반복하더니 종만을 노려봤다.

"그 부적 줘보이소. 마귀가 누구인지 알 것 같습니다. 어서 줘보이소."

종만은 당황했다. 유 피디를 어떻게 믿나?

"부적은 한 번만 사용할 수 있습니다. 마귀가 아닌 사람에게 붙였다가는 효과가 사라집니다."

종만은 부적을 붙인 자에게 마귀가 붙지 않는다는 말은 하지 않았다. 그걸 알게 되면 자신에게 부적을 빼앗으려고 할 것 같았다.

"어서 줘요. 내가 그 마귀 누군지 알아! 당장 마귀 잡고 나가자고!"

유 피디가 언성을 높였다. 종만은 부적을 줄 수 없었다. 만약 그가 마귀라면 되돌릴 수 없는 일이 일어나기 때문이다.

"지금 나를 못 믿는 겁니까? 나 마귀 아닙니다. 신께 맹세합니다. 지금 이 시점에 나와 당신을 빼고 작가 두 명이 남습니다. 마귀의 습성을 듣고 누군지 단번에 떠올랐어요. 저기 보세요. 표정이 굳어지지 않습니까? 지금 생각해보니 용케 여기까지 잘 꼬셔서 왔다? 못 믿으면 종만 씨가 저것에게 직접 붙이면 되지 않습니까?"

유 피디가 카메라를 들어 두 작가를 비췄지만 종만은 유 피디도 믿을 수 없었다. 그가 자신을 현혹시키려 하는 것 같았다.

"그만하죠. 확실한 증거도 없는데 의심을 하는 건 좋지 않습니다. 하지만 조금의 낌새라도 보이면 바로 부적을 붙이겠습니다."

유 피디는 마귀의 정체를 알려줄 증거가 무당의 집 어딘가에 있다며 돌아다녔다. 종만은 두 작가에게 움직이지 말라고 했다. 유 피디가 아니라 작가 중 하나가 마귀일 수도 있기 때문이었다. 그러나 위험한 상황인데도 이상하게 집중력이 흐트러졌다. 정작 눈에 들어온 건 그녀들의 옷차림이었다. 짧은 반바지와 몸에 달라붙는 티셔츠에서 눈을 떼지 못했다. 둘은 서로 마귀가 아니라고 했다. 이곳까지 오게 만든 장본인은 바로 유 피디라고 했다.

"종만 씨, 여기까지 오게 된 거 누구 때문인 것 같아요? 유 피디 때문이에요. 최 작가 언니가 오기 싫다는데도 끝까지 데려온 게 누구예요? 유 피디 아니에요?"

"맞아요. 유 피디 그 새끼가 마귀예요. 우리 모두를 제물로 삼으려고 데려온 거예요. 하나도 죽이고, 조 피디도 죽이고… 악마 같은 새끼…."

종만은 혼란스러웠다. 조 피디가 마귀라고 생각했지만 아니었다. 그러고보면 유 피디가 이 사단의 책임자 아닌가? 종만은 애초에 이 일을 기획한 자도 유 피디라고 생각했다. 그가 최 작가에게 한 짓을 종만도 똑똑히 봤다. 어떻게 해서든 모두를 무당의 집으로 이끌고 온 장본인…. 유 피디가 마귀일 가능성이 컸다.

"으하하하하…."

유 피디의 웃음소리가 무당의 집에 울렸다. 유 피디의 발걸음 소리가 들리자 셋은 긴장했다. 그가 다가올 때마다 종만의 심장이 뛰었다. 여차하면 노파가 준 부직을 그에게 붙여버릴 요량이었다. 카메라 조명에 비친 그의 모습은 귀신만큼 무서웠다. 광기 어린 눈동자를 굴리며 셋을 바라봤다.

"유… 유 피디!?"

유 피디는 캠코더를 내밀었다. 캠코더는 조 피디의 가방에서 꺼낸 배터리가 연결되어 초록불빛이 깜박였다.

"이거 봐봐…. 내가 무얼 발견했는지."

영상이 나왔다. 육병달의 막내딸이 엄마의 귀에 대고 귓속말을 하고 있는 장면이었다. 소리는 들리지 않지만 행복해 보였다. 유 피디는 테이프를 교체했다.

"이거 안 이상하나? 어떻게 꼬마가 귓속말을 60분 동안 할 수 있노?"

다른 테이프도 마찬가지였다. 아이가 육병달과 아내에게 오랫동안 귓속말을 하는 장면뿐이었다. 유 피디는 떨리는 손으로 다음 테이프를 넣었다. 첫 장면부터 유리가 깨지는 소리가 났다.

"새로 오신 신령님이 내게 다 말했네. 자네가 바람피운다고 말이야. 남편이 굿하고 귀신 쫓아서 번 돈으로 머슴질하니까 좋디? 저것들도 내 씨가 아니라지? 하긴 그래…. 네년이 자식새끼는 무당 안 만들고 싶다고 했지. 그래서 다른 놈 씨 받아서 임신한 거 아니야? 맞지? 내가 이상하다고 했어. 그렇다면 우리 막둥이만 내 딸이었구먼? 걘 날 닮아서 귀신도 보고 그러니까 말이야?"

"아니에요, 여보…. 모두 당신의 아이예요. 제가 어떻게 그런 짓을 할 수 있겠어요."

육병달이 아내를 구타하는 장면이 이어졌다.

"돌팔이 새끼, 이거 순 돌팔이다. 어째 이런 거한테 나라가 휘둘렸는지 모르겠다. 전 작가, 니 말해봐라. 죽은 육병달 아들, 딸이 혈육이 아닌가?"

전 작가도 영상을 보고 당황스러웠다.

"부검자료를 보면 큰딸과 아들은 친자가 맞아요. 막내가 친자가 아니라서 그렇죠. 이건 뉴스에도 난 사실이잖아요."

혼란스러웠다. 육병달은 막내를 제외한 두 자녀가 자신의 핏줄이 아니라고 했는데, 부검결과는 정반대라니. 유 피디는 마지막 테이프도 틀었다. 육병달의 아내가 자녀들에게 아이를 소개시켰다.

"얘들아, 오늘부터 우리랑 지내게 될 희승이란다. 이제부터 너희 동생이니까 잘 보살펴줘."

육병달의 큰딸과 아들은 아이를 친동생처럼 대해줬다. 함께 그네도 타고, 그림도 그리고, 노래도 불렀다. 이상할 것 없는 장면이었다. 하지만 마지막 장면이 충격적이었다. 희승이 자전거를 타고 있는데, 막내딸이 나타나 밀어버린 것이다. 넘어져 울음을 터트린 희승을 보고 막내딸은 배를 잡고 웃고 있었다.

유 피디는 캠코더를 껐다.

"이봐요, 종만 씨. 노파의 말이 사실이라면 살아남은 사람들 중에 마귀가 있는 거 맞죠? 부적을 들고 있는 당신은 아닐 테고, 우리 셋 중에 있다는 건데…. 영상을 보고 추측했을 때는 육병달의 막내딸이 마귀 같거든요? 막내딸이 육병달을 이간질시켜 일가를 죽게 했다면… 어떨까요? 어떻게 아이가 60분 동안 귓속말만 하고 있냐고요. 이거 마귀의 습성 아닙니까?"

큰딸의 다이어리와 캠코더 화면에서 막내딸에게 마귀의 습성이 있었음을 발견할 수 있었다. 막내딸이 마귀라면 살아

남은 자들 중에 막내딸이 있다는 의미가 된다. 사람들을 구슬려서 무당의 집으로 오게 한 장본인이며, 교묘하게 이런 상황을 만든 사람. 유 피디의 눈이 막내작가를 향했다.

"마라희 작가, 어떻게 생각하는데? 니도 그렇게 생각하제?"

그녀의 눈이 고양이처럼 가늘어지면서 광대가 한껏 올라갔다.

"크ㅎㅎㅎㅎㅎㅎ…."

전 작가는 충격에 입을 다물지 못했다. 막내작가의 몸이 들썩이자, 유 피디가 막내작가의 팔을 잡았다.

"종만 씨, 뭐합니까?! 빨리 부… 부적을… 붙이세요!"

종만은 당황한 표정이었다.

"사실은 마귀를 잡지 못할 것 같아서 부적을 제 몸에 붙였어요. 할머니가 이걸 저한테 붙이면 적어도 저는 살 수 있을 거라고…."

"뭐? 미친 새끼…."

갑자기 카메라 조명이 서너 번 깜빡이다 꺼졌다. 유 피디의 비명이 들렸다. 마귀는 방안을 벗어나 거실로 유 피디를 끌고 갔다. 카메라 조명이 다시 서너 번 깜빡이더니 밝아졌다. 전 작가는 울음을 터트렸다.

"도대체 왜 그랬어요. 이제 어떡해요. 당신, 정말 이기적인 사람이에요."

"미안하지만 저도 살아야죠. 돈 많이 준다고 해서 왔는데, 이게 뭐예요? 할머니 아니었으면 진짜 죽을 뻔했네. 걱정 말 아요. 이것만 붙이고 있으면 제 근처에는 오지도 못할 거예요. 내 옆으로 와요."

종만이 전 작가의 어깨에 손을 올렸다. 전 작가는 뿌리치고 싶었지만 거절하지 못했다. 그의 손은 점점 내려와 은근슬쩍 가슴을 터치했고 허리로 내려왔다. 전 작가는 종만의 손을 잡았다.

"지… 지금 뭐 하시는 거예요? 이건 너무 하잖아요?"

종만의 태도가 갑자기 변했다.

"이보세요, 전 작가님? 내가 지금 당신 목숨줄을 잡고 있어요. 여기서 살아 나가고 싶지 않나요? 내가 없으면 당신은 마귀의 제물이 될 거예요. 한 시간만 기다리면 돼요. 우린 이곳에서 나갈 수 있어요."

전 작가는 그를 뿌리쳤다.

"에이, 씨발! 차라리 마귀의 밥이 되어 죽겠어! 더러운 새끼!"

감정이 폭발한 그녀는 마당으로 뛰쳐나가 마구 비명을 질러댔다.

"아아악! 그냥 잡아가서 죽여! 더 이상은 살고 싶은 마음도 없어! 그냥 죽여! 죽이란 말이야!"

전 작가를 잡기 위해 쫓아온 종만이 경악했다. 머리가 허옇게 센 막내작가가 그녀 앞에 있었다. 흉측한 얼굴로 변한 그녀는 기다란 칼로 전 작가를 찔렀다. 칼날이 몸을 관통하자 한참을 부들부들 떨다가 쓰러졌다. 마귀는 종만을 보며 요란한 웃음소리를 냈다. 그를 조롱하듯 삿대질을 하기도 했다. 그러곤 전 작가의 두 발을 잡고 제단으로 끌고 갔다. 종만은 두려움에 떨면서도 그것의 뒤를 따랐다.

화려한 등불이 마귀를 비췄다. 마귀는 신이 나 전 작가를 바닥에 두고 춤을 췄다. 그녀는 아직 살아 있었다. 마귀가 털이 듬성듬성 난 손으로 그녀의 몸을 누르니 파르르 떨었다. 그것은 뭐가 좋은지 웃어댔다. 다시 그녀의 얼굴을 누르니 미세하게 신음이 새어나왔다. 그녀가 정신을 차리려고 하자, 바닥에 있는 도끼를 들고 그녀의 목을 내리쳤다. 피가 튀었다. 마귀는 고개를 들어 종만을 빤히 쳐다봤다. 그러곤 그녀의 머리를 들어 춤을 췄다. 전 작가는 눈도 감지 못한 채 공포에 떠는 표정이었다. 마귀는 머리를 접시 위에 놓고 그녀의 몸은 멍석 위에 뒀다. 의식을 치르는 것처럼 춤을 추고 노래를 불렀다.

"에잇, 씨발…."

마귀를 뒤로하고 대문으로 향했다. 노파가 말한 것처럼 수탉이 세 번 울 때까지 기다렸다.

"꼬끼오!"

한 번….

"꼬기오!!"

두 번….

"꼬끼오!!!"

세 번….

종만은 대문을 밀었다.

"엇?!"

노파의 말대로 했지만 문은 열리지 않았다. 어깨로 밀치고 발로 차도 꿈쩍도 하지 않았다.

"어… 어떻게 된 거야? 왜 안 열려?"

등뒤에서 마귀가 쫓아오는 소리가 들렸다. 그것이 좋아서 어쩔 줄 몰라 하는 소리가….

종만이 뒤를 돌아봤다. 코앞에서 마귀가 전 작가의 머리를 흔들며 달려오고 있었다. 한 손에는 긴 칼을 쥔 채….

기획 후기

김선민 · 괴이학회 회장

《괴이한 미스터리》는 한국추리문학의 전통을 이어온 한국 추리작가협회와 괴담·호러 콘텐츠의 부흥을 위해 만들어진 괴이학회의 콜라보로 이루어졌습니다. 본래 미스터리, 추리, 호러는 떼려야 뗄 수 없는 관계이기에 괴이학회와 한국추리 작가협회의 콜라보는 큰 시너지를 만들어낼 수 있을 것이라 생각했습니다.

더불어 《계간 미스터리》를 리뉴얼하여 새롭게 발간하게 될 스토리 전문 출판사인 나비클럽이 이 프로젝트에 동참하면서 더욱 힘을 얻게 되었습니다. 《괴이한 미스터리》를 통해 출판 계에서 비선호 장르라 할 수 있는 미스터리, 추리, 호러에 대 해 더 많은 분들이 관심을 갖고 장르적 재미를 느낄 수 있으면 좋겠습니다.

《괴이한 미스터리》는 '월영시'라는 기괴한 공간에서 일어나는 여러 가지 사건들을 다루고 있습니다. 월영시라는 무대는 괴이학회의 두 번째 도시괴담 앤솔러지인 《괴이, 도시》에 처음 등장한 도시입니다. 온갖 괴이들과 초자연적 존재들은 물론 이 어두운 기운에 끌려 흘러들어온 범죄자들까지 아우르는, 무슨 일이든 일어날 수 있는 곳입니다.

《괴이한 미스터리》에서는 이 월영시에서 일어나는 미스터리한 사건들에 초점을 맞춰보았습니다. 그 미스터리한 사건은 사람이 일으킨 것일 수도 있고, 인간이 아닌 다른 존재가 일으킨 것일 수도 있습니다.

또한 함께 고려한 것은 이 미스터리한 사건을 통해 우리 사회의 어두운 단면과 이로 인해 드러나게 되는 인간 심연의 공포를 다루고자 했습니다. 장르적 재미와 함께 작품을 읽고 나서 우리 사회 전반에 펼쳐져 있는 사회적 문제들 혹은 사각지대에 숨겨져 있어 인지하지 못하고 넘어간 사건사고들을 포착할 수 있는 시선을 담아내고자 했습니다.

이번 콜라보 프로젝트 중 '괴담 편'은 특히나 '괴이한 미스터리'라는 시리즈의 주제를 가장 잘 담고 있습니다. 괴담이라는 것은 누군가가 꾸며낸 단순히 무서운 이야기일 수도 있지만, 그 안을 잘 들여다보면 그 시대에 사람들이 가장 두려워하는 것이 무엇인지를 느낄 수 있습니다.

괴담은 당시 사회상의 어두운 면을 반영하고 있기 때문입니다. 괴담을 단순히 뜬소문으로만 볼 것이 아니라 그 내부에 숨겨져 있는 코드를 면밀히 읽어본다면 그 이면에 감춰진 무엇인가를 느낄 수 있을 겁니다.

결국 괴담은 사람들이 살아가는 곳에서 만들어집니다. 사람이 없는 곳에는 귀신도, 괴이나 괴담도 존재하지 않습니다. 월영시 역시 사람이 없다면 존재할 수 없습니다. 이런 부분을 감안해서 '괴담 편'을 읽어보시면 더 실감나는 스릴과 공포를 느끼실 수 있을 거라 생각합니다.

기획 후기

한이 · 한국추리작가협회 회장

'괴이한 미스터리'를 이야기하면서 현재 모든 공포소설가의, 어쩌면 대부분의 소설가들보다 더 높은 곳에 자리잡고 계신 스티븐 킹의 말을 인용하지 않을 수가 없군요. 그는 어지간한 소설보다 두꺼운 비평서 《죽음의 무도》에서 이렇게 말했습니다.

"좋은 공포 이야기는 상징적인 수준에서 작용하면서, 허구의 사건들을 이용해 우리 마음속 가장 깊은 곳에 도사린 진정한 두려움을 이해하도록 도와주는 이야기다."

저 역시 '괴담'에 대해 스티븐 킹처럼 그럴듯한 말로 설명하고 싶은 충동을 느꼈습니다만, 불행하게도 전혜진 작가가

〈백 번째 촛불이 꺼질 때〉에서 등장인물을 통해 표현한 말보다 더 좋은 표현을 찾지 못했습니다. "우리가 아는 이 세계도 겹겹의 레이어로 이뤄져 있어. 괴담은 그러니까 다른 레이어에 속한 세계를 엿보는 거지."

이 말처럼 이번 괴담 편에는 다른 레이어의 세계를 엿볼 수 있는 멋진 작품들이 준비되어 있습니다.

김재희 작가의 〈뱀탕에 뱀열마리〉는 괴담의 기본 모티브인 '금기'에 대해 다루고 있습니다. 괴담에는 항상 '어디 가지 마라, 무엇을 하지 마라'는 금기의 목록이 가득합니다. 그래서 결혼생활의 금기를 깬 여자의 결말이 더 섬뜩하게 느껴지는지도 모르겠습니다.

'추리소설 쓰는 생물선생님'인 윤자영 작가는 〈복수 가능한 학교폭력〉에서 현장에서 직접 경험한 학교폭력에 대해 그리고 있습니다. 자살이라는 극단적인 방법을 통해서만 학교폭력을 고발할 수 있고, 가해자가 피해자가 되고 피해자가 가해자로 둔갑하는 현실이 그 어떤 괴담보다 무섭습니다.

김영민 작가의 〈밀착과외〉와 문화류씨의 〈무당의 집〉은 사교육과 방송국이라는 다른 소재를 통해서 현대인들의 물신주의를 냉혹하게 꼬집고 있습니다. 학생을 가르치는 선생은 '화상 영어, 화상 중국어, 화상 일본어, 화상 독일어, 화장품, 인삼농축액, 전 세계 여행상품'을 함께 팔아치웁니다. 시청률을 위해 무당의 집을 찾아간 방송국 사람들은 "여기 있는 사람들 전부 돈 벌려고 왔는데 마귀라니요"라며 항변합니다. 하지만 결국 그 돈이 마귀를 만들고, 죽음을 부릅니다.

여기, 현실 같은 괴담, 괴담 같은 현실이 잘 차려져 있습니다. 절대 자정 넘어서는 읽지 마시길.

Ⓜ 한국추리작가협회

국내 유일의 추리문학 전문 작가들의 협의체로서 1983년 김성종, 이상우, 이가형 작가 등이 작가의 권익을 대변하고 참신한 신인 작가들을 발굴, 육성하자는 취지로 발족했다. 현재 서미애, 황세연, 도진기, 김재희, 최혁곤, 송시우, 박하익 등 100여 명의 작가들이 활발한 활동을 벌이고 있으며, 더 참신하고 패기 넘치는 작가와 작품들로 독자와 만나고, 세계로 진출할 새로운 도약을 준비하고 있다.

괴이학회

괴담, 호러 전문 출판 레이블. 괴담과 호러 콘텐츠의 부흥과 발전을 위해 만들어진 창작그룹이다. 전설과 신화, 민담을 포함한 괴담을 바탕으로 기괴하면서도 흥미로운 이야기를 만든다. 현재 50여 명의 창작자들과 함께 커뮤니티를 만들어 다양한 창작 및 제작, 출판 활동을 진행 중이다. 한 번도 본 적 없는 비틀린 상상력을 환영하고, 양꼬치를 먹으면서 결성된 그룹이기 때문에 중요한 날에는 양꼬치를 먹는다.

《괴이한 미스터리》 출간 프로젝트를 후원해주신 분들

강경천 강순덕 강아지배방구 강우석 개다키 게임발굴단 위즐로 경성 고민서 곽나윤 괴도1412
규리 그레이스 그리핀 그림자도둑 글라스 김개똥 김경덕 김동은 김레지 김명국 김민서 김
민성 김민제 김병진 김사슴 김서연 김선규 김성모 김성철 김수현 김슬기 김아현 김영아 김
우주 김유진 김은경 김은정 김이응 金紫榮 김재희 김정아 김종원 김지수 김지원 김지현 김
창현 김크랩 김태영 김하니 김현지 김혜선 김희태 깜깜멍 꽃님이 꽃이 꾸루꾸 나,재민 나
강림 Lea.S 나님이여 나래 나쁜마녀 나새빈 날2 남기인 남상욱 냥 네버러지 넨이 노하늬
녹차시럽 뉴스 느린_김병준 니니 니델리 다9 다과 다루미 다솜 다크오키드 단청야 달빛마
녀 달빛뿌리는낭이 데스다 델리 뎁이 도− 도비 독서거 동해천사 두부장수 둠바 디두 디봄
보 딘 따옹 땅두 라니아케아 라디홍 라라 라온 라일라 라티라티 랄랄라 레오군 로 롤 료
월 루루공주 류형규 린사 마녀 A씨 마루 마린 마법사 맑은하늘 망나니 메디오크르 메론빵
멍주 냉붐복소리 모카프라프치노 몽실에바 무케무케 문다원 문채영 물비누 뭐할라꼬 뮈르헨
므마 미미 미역국공주 민− 민아롱이 민현기 밍− 바카 박군 박기태 박동우 박박 박상민 박
서윤 박성결 박소영 박소은 박수민 박연진 박예나 박유빈 박재우 박종우 박주연 박지영 박
지원 박한새 박혜림 박혜이 밖빛 방방이 방하윤 배고파융 배은란 배정은 백여우님 뱁냥 벚
꽃여왕 베로 변요한 별지기 보노보노 보스코 보이드Voyd 봉누누 부엉군 북극곰 비아 빠야
빠야 빼미 사필귀정 산향푸딩 삼점일사 샘 생묘 샤니 서지혜 서찬호 설명환 설야차 설원
성현지 세이시나 센테 소다빙수 소소 소원 소정 소허니 손연서 솔 송지웅 송찬양 수 수정
중 순선화 슈징 슬픈둘기 시아 시엘로나 신동원 신소희 신태성 신해진 실험체333호 쌍무기
쏘이콩 쑤기 아리에르 아린 아메 아사 아얌 아이제 아프로스미디어 아하야 안수진 안예은
암브로시아 앙팡 알루알루 양여진 양천재 에르에디이모집사 에이프릴 여래야 여름사람 여
봄 여지은 여찬후 연교 연산홍 연장미 열대 옐로튤립 오디오코믹스 오솔 오오옹 오찬영 완
벽한중2의비결 요닝쓰 요미언니 요쿨 우롱차 우병화 우주냐옹 원의비밀 월랑곰 월유하 위래
위승연 유지해 유도연 유라 유리 유빈유빈유빈유빈유빈 유석주 유승재 유엘 유진곤 유혜영

유효정 유히사 윤나 윤선영 윤지 율비 은혜다혜 응디똥디 이고운 이다연 이다영 이름 이민용 이상헌 이성수 이세림 이소망 이솔님 이수연 이수진 이승한 이아라 이예림 이울 이윤진 이재연 이정명 이제야 이츠미 이파란 이현아 이희주 인디아 일곱시 임라흔 임지환 잇츠미 장다솜 장선영 장영희(시호) 장예은 장은화 장현진 재클린 전영균 전예솔 전한비 정민 정우원 정유진 정인기 정중구 제희 조민성 조병준 조소영 조유빈 조윤수 조해빈 조현우 중바 지니 지수 지준맘 차원의소녀 찰 채준영 채현 책벌레 챔 청리 청포도자두 체리 최수현 최아람 최재훈 치즈젤리 콩만두 탄산 태빵 토닥토닥 토담 토뿌시 토이필북스 파 파메 페리 편의점 평시민 프레즈 프리마 피금 피나 필립 하나 하늘호수별 하물란 하얀 하은경 하이바 하정현 한날 한율 해난 허니문 차일드 허상범 허수민 헬 현 현서아 현정/민경 혜우 호우 호원쓰 홍냥 홍수희 환욱맘81 황말랑 황미희 황새 황성현 후니네헤린이 후원자 후유 후은 흑랑 흠나링 희성반쪽 히구 히써닝 히힛 28일후 36 405.24apm 8규 9**** air**** AMWE angelle**** anwjr**** athllan BB bel**** blue홀 cainern celine char'gry cheege**** cherry Dan-bi dd di**** dk**** dod**** DRGR dudurain ehdgus92**** Ellie elyasion Eonness ez**** fono gom greenfi**** gywls**** HANAHANA happy0**** HAROO hotooyoo HYEIN_KIM iluv**** imagery Introcronicle iw JLYH Joanne july**** Jyun keiry khs Ki Hyo Park kim kimjungmin kjin kky ksd**** Lake Life goes on ljh3**** lsh0**** Lullaby LUNA819 MeiS .memory Mindooze MINOR NaKi nog**** nova**** OMMR orchid palstic H PINEA pipoppippo08 planetes RAPID ReN Ren RiA Rim romie rune savio**** SAYA seh**** Seo Yunbae Silvers lady Siyeong Yu sky91**** SPiCa ssangch**** ssy**** Sua Suki Park sulasula t**** Taelin Temisia Therose0524 tige**** VVan5963 whdthf**** wnsdnagd wOnhOc YJ Lee Yony younghun**** YUM Yun Yuna Hwang zoflrjs****

외 무기명 7명 총 535명 모든 분들께 진심으로 감사드립니다.

괴이한 미스터리 괴담 편

초판 1쇄 펴냄 2020년 8월 21일

지은이 전혜진 김재희 윤자영 김영민 문화류씨
펴낸이 이영은
편집인 김현경
기획 김선민 한이
홍보마케팅 김소망
디자인 여상우
제작 제이오

펴낸곳 나비클럽
출판등록 2017. 7. 4. 제25100-2017-0000054호
주소 서울특별시 마포구 동교로22길 49 2층
전화 070-7722-3751 팩스 02-6008-3745
메일 nabiclub17@gmail.com
홈페이지 www.nabiclub.net
페이스북 @NabiClub
인스타그램 @nabiclub

ISBN 979-11-970387-7-8 04810
     979-11-970387-3-0 04810(세트)

이 도서의 국립중앙도서관 출판예정도서목록(CIP)은 서지정보유통지원시스템 홈페이지(http://seoji.nl.go.kr)와 국가자료공동목록시스템(http://www.nl.go.kr/kolisnet)에서 이용하실 수 있습니다.(CIP제어번호: 2020030991)